最美国学

世说新语

季旭升教授 总策划

文心工作室 编著

中央编译出版社

CCTP

Central Compilation & Translation Press

京权图字：01-2006-6436

中文經典 100 句：世說新語

中文簡體字版 ⓒ 2007 由中央編譯出版社發行

本書經城邦文化事業股份有限公司商周出版事業部授權，
同意經由中央編譯出版社，出版中文簡體字版本。
非經書面同意，不得以任何形式任意重製、轉載。

图书在版编目（CIP）数据

世说新语／文心工作室编著．— 北京：中央编译出版
社，2013.12（2018.3 重印）
（最美国学）
ISBN 978-7-5117-1863-1

Ⅰ．①世…　Ⅱ．①文…　Ⅲ．①笔记小说-中国-南朝
时代　Ⅳ．①I242.1

中国版本图书馆 CIP 数据核字（2013）第 262671 号

最美国学　世说新语

出 版 人：	葛海彦
出版统筹：	贾宇琰
策 划 人：	苗永姝
责任编辑：	苗永姝
责任印制：	刘　慧
出版发行：	中央编译出版社
地　　址：	北京西城区车公庄大街乙 5 号鸿儒大厦 B 座（100044）
电　　话：	（010）52612345（总编室）　　（010）52612335（编辑室）
	（010）52612316（发行部）　　（010）52612346（馆配部）
传　　真：	（010）66515838
经　　销：	全国新华书店
印　　刷：	北京紫瑞利印刷有限公司
开　　本：	880 毫米×1230 毫米　1/32
字　　数：	212 千字
印　　张：	10.875
版　　次：	2014 年 1 月第 1 版
印　　次：	2018 年 3 月第 5 次印刷
定　　价：	25.00 元
网　　址：	www.cctphome.com　　邮　　箱：cctp@cctphome.com
新浪微博：	@中央编译出版社　　微　　信：中央编译出版社（ID：cctphome）
淘宝店铺：	中央编译出版社直销店（http：//shop108367160.taobao.com）
	（010）55626985

本社常年法律顾问：北京市吴栾赵阎律师事务所律师　闫军　梁勤
凡有印装质量问题，本社负责调换。电话：（010）55626985

目 录

闻所闻而来， 见所见而去

潘岳妙有姿容

宁为兰摧玉折，不作萧敷艾荣

明府当为黑头公

东山之志

站在文化巨人的肩膀上

台湾师范大学国文系教授 季旭升

"犁明即起，洒扫庭厨。忘着窗外，一片篮天白云，令人腥情振忿。随便灌洗一下，整理遗容之后，走到客听，粘起三柱香，拜完劣祖劣宗，希望祖宗给我保屁。然后勿勿敢往朋友的寿宴，为朋友举殇祝寿，大家喝的欲罢不能。谈到朋友的事叶出现危机，我就建议他要摒持理念、拿出破力。朋友也免励我要多用功，才能写出家誉户晓、踯地有声的文章。晚上我开始发粪读书，日以继夜的终于写完这一篇文章。"

这是用现在见怪不怪的错字集锦而成的一篇小文，果然可以"掷地"，但是未必"有声"。近年来，这种错字太多了，老师开始忧心、家长开始忧心、社会贤达开始忧心，只有学生和教育主管部门不忧心，教育主管部门甚至于还要进一步削减中小学的国语文授课时数。终于，社会的忧心迸发了，由各界组成的"抢救国文联盟"日前已起来呼吁教育主管部门要正视这个问题，不要坐视台湾竞争力一日一日的衰落。

身为文化事业一分子的商周出版，老早就在正视这个问题了，所以洞烛机先地策划了"中文可以更好"系列，为文字针砭、为语文把脉，希望把这些年语文界的毛病治好。各界反应还不错。

语文的毛病治好了，体质还是不够强壮。商周出版认为进一步要熬十大补汤，让我们的语文更强壮。这"十全大补汤"就是"中文经典100句"（即"最美国学"）系列。

《荀子·劝学篇》说：

> 吾尝终日而思矣，不如须臾之所学也。吾尝跂而望矣，不如登高之博见也。登高而招，臂非加长也，而见者远；顺风而呼，声非加疾也，而闻者彰。假舆马者，非利足也，而致千里；假舟楫者，非能水也，而绝江河。君子生非异也，善假于物也。

学画一定要先从芥子园画谱学起。芥子园画谱是初学者的"经典"。

张大千的画艺要更上层楼，所以要去千佛洞临壁画。千佛洞是张大千的"经典"。

学书法的人要学二王颜柳，二王颜柳是书法界的"经典"。

经典是古代圣贤才智的结晶，是民族文化的源头。

多认识经典可以让我们站在巨人的肩上，长得更快、更高。

多认识经典可以让我们的思想、文字带有民族智能、民族风格。

《论语》、《史记》、《古文观止》、《孟子》、《诗经》、《庄子》、《战国策》、《唐诗》、《宋词》、《世说新语》等，这十本书应该是现代国民的"最低限度必读经典"，作为这个民族的一分子，没有读过这十本书，就称不上这个民族的"知识分子"。但是，现代人实在太忙了，大人忙着五光十色、小孩忙着被教改、社会忙着全民英检、国家忙着走出去，人人都在盲茫忙，商周出版因此为忙碌的人们炖一锅大补汤，用最活泼简明的文句，把经典的精粹提炼出来，让大家可以在"三上"（马上、枕上、厕上）阅读。在做完文字针砭、为语文把脉、把病痛治好后，让我们来培元固本，增强功力，站在文化巨人的肩膀上，看得更高，飞得更远！

会心处不必在远

台北大学中国语文学系副教授 马宝莲

　　刘宋宗室刘义庆编撰的《世说新语》一书，踵继三国刘劭《人物志》等书，将人才分类为三十六门；主要掇拾了从东汉至东晋士族阶层人物的轶事琐语，依清谈家品鉴人伦的观点，纳入《德行》、《言语》、《雅量》、《识鉴》、《品藻》、《简傲》、《汰侈》等各类中。大抵上卷四篇，以孔门四科为序将谈玄说理归本儒术，中卷九篇（《方正》至《豪爽》）以品鉴名士嘉德懿行为主，下卷廿三篇（《容止》至《仇隙》）多为任诞脱俗、恣情越理的故事。全书褒贬臧否的人物不下五六百人，自帝王卿相至士庶僧徒均有记载，不啻为一宝贵的文史资料。

　　再者知人尚需论世。东汉和帝以还迄于桓、灵，外戚擅权、宦官跋扈，"匹夫抗愤，处士横议，遂乃激扬名声，互相题拂，品核公卿，裁量执政，婞直之风，于斯行矣。"（《后汉书·党锢列传》）党锢祸后，遂改清议为清谈，士子以明哲保身，乃渐慕玄谈。而三国争战不已，曹操"求贤令"、"举贤勿拘品行令"一出，更对名士任诞行为有推波助澜之功。其后司马炎篡位、八王之乱，谋逆不断，天灾时起，人命如蚁，大环境如此，魏晋老庄清静无为、易学思想勃兴，也是其来有自。

《宋书·临川烈武王道规传》说刘义庆："为性简素，寡嗜欲。爱好文义，文辞虽不多，然足为宗室之表。"《世说新语》被视为志人类的文言笔记小说先声，受《汉书·艺文志》："小说家者流，盖出于稗官，街谈巷语，道听涂说之所造……闾里小知者之所及，亦使缀而不忘，如或一言可采，此亦刍荛狂夫之议也"影响甚多，其体制短小，但言有可采；摭拾采录，缀而不忘。《世说新语》中："记言则玄远冷隽，记行则高简瑰奇"；《少室山房笔丛》明胡应麟以为："读其语言，晋人面目气韵，恍然生动，而简约玄淡，真致不穷，古今绝唱也。"

《最美国学 世说新语》体例如系列丛书，分"名句的诞生"、"完全读懂名句"、"名句的故事"及"历久弥新说名句"四部分，编撰群亦本如或一言可采，亦摭拾采录，务使散金碎玉缀而不忘的精神，串成具体而微的《世说新语》。"名句的诞生"捡择之广，耳熟能详者有之如："管中窥豹"、"割席分坐"、"床头捉刀人"、"未若柳絮因风起"等；也有《贤媛》篇许允丑妇以"妇有四德，士有百行"过人才辩让夫婿回心转意；刘伶以"天地为栋宇，屋室为裤衣。者君何为入我裤中？"越名教而任自然、放旷任诞的名士表现。

"名句的故事"部分，往往还原史实，书中引证正史第一手资料比比皆是，如：《晋书》的《谢安传》、《张翰传》、《殷仲堪传》、《孙绰传》、《潘岳传》、《刘毅传》等都在其列。例如张季鹰思吴中菇菜、莼羹、鲈鱼脍，命驾便归，传为美谈之事，"名句的故事"就引证史实，详述了赵王伦、晋惠帝、齐王冏、长沙王乂叛变、纠葛的关系，更点出张翰此举除性情中人的表现外，更大的因素是洞烛机先，适逢"八王之乱"的保身存全之道。

此外，也每每把故事后续的发展叙述完全。如："战战惶惶，汗出如浆。战战栗栗，汗不敢出。"不仅引证《三国志·魏书》之《钟毓传》、《钟会传》，钟毓14岁即为散骑侍郎，钟会也敏惠夙成，二人均有父亲钟繇之风。但也描述到身为司马氏心腹的钟会树大招风不知隐退、以谋反罪斩首示众的下场。钟会当初为嵇康所拒，记恨在心，后中伤嵇康："上不臣天子、下不事王侯，轻时傲世，不为物用……今不诛康，无以清洁王道。"其致嵇康于死地时，又怎料到一己的惨状呢？

"历久弥新说名句"则旁征博引，上下古今中外，无不涉及。前述"战战惶惶，汗出如浆。战战栗栗，汗不敢出。"就推其源，与《诗经·小雅·小旻》："战战兢兢，如临深渊，如履薄冰"并解；再如孙楚为妻服丧满做悼亡诗末句："临祠感痛，中心若抽。"篇中即追溯文学史中的悼亡传统，从唐李商隐的悼亡诗，到清纳兰性德的悼亡词，一一叙说。此外对名句也会就古今义、引申义、音读做些辨异、厘清的工作。如"元方难为兄，季方难为弟"本意在称许兄弟才学品德俱佳；到了后来变成了形容两个人半斤八两、不过尔尔；如今又衍生出同患难、相同困境的两个人。不也是另一种"世说新语"吗？

你想知道成语如"箕山之志"、"进退维谷"、"吴牛喘月"、"蜂目豺声"、"东山再起"的故事吗？"登徒子"这个人怎么好色？"杖头钱"为何代表酒钱？传神写照正在"阿堵"中是什么意思？王徽之"何可一日无此君"，何物那么重要？魏晋之士为何雅好"啸咏"？"看杀卫玠"，那么魏晋美男子的标准为何呢？

会心处不必在远，就在《最美国学 世说新语》中！

人生贵得适意尔

——潇洒人生

一饮一斛，五斗解酲

名句的诞生

刘伶[1]病酒，渴甚，从妇求酒。妇捐[2]酒毁器，涕泣谏曰："君饮太过，非摄生[3]之道，必宜断之！"伶曰："甚善。我不能自禁，唯当祝鬼神自誓断之耳！便可具酒肉。"妇曰："敬闻命。"供酒肉于神前，请伶祝示。伶跪而祝曰："天生刘伶，以酒为名，一饮一斛，五斗解酲。妇人之言，慎不可听！"便引酒进肉，隗然[4]已醉矣。

——任诞第二十三

完全读懂名句

1. 刘伶：晋朝人，生卒年不详，曾为建威参军，与嵇康、阮籍等并称为"竹林七贤"。2. 捐：舍弃、抛弃。3. 摄生：保养身体、持养生命。4. 隗然：隗音 wěi，酒醉欲倒的样子。

刘伶的酒瘾发作，非常想喝酒，就向妻子要酒喝。他的妻子把酒洒掉、毁掉酒瓶，哭泣地劝谏他说："您实在喝得太过分了，这实在不是养生的方法，一定要戒酒。"刘伶说："很好。但是我自己无法控制，必须在鬼神面前祷告、发誓戒酒！你去准备酒肉祭品吧。"妻子说："遵命。"于是就把酒肉供奉在神像前，请刘伶上香祷告。刘伶跪下祷告说："我刘伶自一出生，便以酒为命，一次喝掉一斛，喝了五斗才可解除酒瘾。妇人所说的话千万不要听呀！"说罢就拿起酒肉吃喝起来，一会儿又醉了。

名句的故事

刘伶是"竹林七贤"之一，历史上可以找到关于刘伶的记述并不多，让人强烈印象的就是他对酒的高度狂热；刘伶嗜酒，借酒可以装疯，不只用来躲避政治现实，还用来愚弄自己的夫人。

还有一个有趣的故事。有一天，刘伶来到洛阳城南的杜康酒坊前，看见门上的一副对联写着："猛虎一杯山中醉，蛟龙两盏海底眠。"横批是"不醉三年不要钱"。刘伶一看，这好大的口气，便冲进酒馆要酒喝。刘伶喝了第一杯之后，杜康便劝他不要喝，但是刘伶不肯，所以又喝第二杯；紧接着，刘伶又要了第三杯酒，却不料开始天旋地转，醉了起来。

刘伶离开酒馆后回家，向老婆交代完后事便醉死了。过了三年，杜康跑来找刘伶要酒钱，刘伶的老婆告诉他，刘伶三年前喝了他的酒后便死了。杜康便说刘伶没死，说完两人便前去挖开刘伶的坟墓，打开棺材一看，刘伶果真醒了过来，还连声说："杜康好酒，杜康好酒！"这就是"杜康造酒醉刘伶"，刘伶一醉就是三年呀！

历久弥新说名句

北齐有位高官皇甫亮，据说他的天性淳厚、行为毫不造作，平日喜欢饮酒，对于仕途不以为念。在他担任尚书殿中郎期间，皇帝下令查察懒于办公的官员，没想到皇甫亮正好有三天没有到尚书省办公。皇帝便问他原因，皇甫亮毫不掩饰地回答："一日雨，一日醉，一日病酒。"意思是说，第一天下雨，第二天喝醉酒，第三天酒瘾又发作了。皇帝听罢，见他诚实以对，只杖打他30下，作为警惕。(《北史·列传第二十六》)

使我有身后名，不如即时一杯酒

名句的诞生

张季鹰[1]纵任不拘，时人号为"江东[2]步兵"。或谓之曰："卿乃可纵适一时，独不为身后名邪？"答曰："使我有身后名，不如即时一杯酒！"

——任诞第二十三

完全读懂名句

1. 张季鹰：即张翰，字季鹰，晋吴郡人，善属文，纵任不拘，时人称为"江东步兵"。2. 江东：长江至芜湖与南京间因作西南、东北流向，故秦汉以来，泛称长江此河段的南岸地区为"江东"。

张季鹰纵情放任、不拘小节，当时的人称他为"江东步兵"。有人告诉他："你或许可以一时纵情，但难道不想死后留名吗？"

张季鹰豪迈地说："要我死后享有盛名，不如现在让我拥有一杯美酒。"

名句的故事

张季鹰是晋朝名士，原本在齐王冏的幕下任职，但因为厌倦司马氏亲族间的杀阀猜忌，领略到人生的浮沉，同时想起家乡吴郡美味的菜肴、鲈鱼，便潇洒地弃官返乡。回到故乡后的张季鹰，纵情酒林，人人都叫他"江东步兵"。

"江东步兵"这个典故来自于竹林七贤之一的阮籍。阮籍其实不爱当官，他想要个一官半职的目的很奇特，例如担任步兵校尉就是阮籍主动要求的，因为他听说步兵府里面有美酒可喝；再者，这是阮籍就任的最高官职，所以后世称他为"阮步兵"。而张季鹰嗜酒，又为江东人士，因此人称"江东步兵"。

话说张季鹰放弃功名利禄，镇日耽于酒食，让旁人为他扼腕，提起古有明训：立德、立言、立功，他可是不屑一顾。然而，世人不仅贪恋生时的虚名，还冀望死后千古传名，这种名利欲望，张季鹰早就看透。故乡的美酒佳肴能有多好吃？能够这样天天逍遥吗？这其实是张季鹰远离司马氏加害的要诀罢了。

历久弥新说名句

后世文人多借张季鹰的豁达，来掩饰自己的不得志。唐朝的高适是一个有抱负且具备政治才干的诗人，他曾经受到玄宗和肃宗的赏识，对朝政颇有贡献；但唐朝中期宦官势力崛起，与士人长期对立，高适也偶有失意落寞的时候。此时的高适这么安慰自己："蹇步蹉跎竟不成，年过四十尚躬耕。长歌达者杯中物，大笑前人身后名。"

又例如宋朝爱国诗人辛弃疾的《破阵子》："了却君王天下事，赢得生前身后名，可怜白发生！"主张积极抗金的辛弃疾，感叹自己为朝廷戮力后，却被主张与金人和解的同僚驱出政坛，虽然之前的功劳让他享誉全国，却也因操劳而让白发爬上头。

胸中垒块，故须酒浇之

名句的诞生

王孝伯问王大："阮籍何如司马相如？"王大曰："阮籍胸中垒块[1]，故须酒浇之。"

——任诞第二十三

完全读懂名句

1. 垒块：累积的土块。比喻胸中积存的不平之气，或抑郁不适。

王恭问王忱："阮籍比起司马相如来得怎么样呢？"王忱说："阮籍胸中多了抑郁不平之气，所以必须用酒来浇薄冲淡。"

名句的故事

王恭，字孝伯，是东晋孝武帝皇后的哥哥；王忱，字符达，小名佛大，故又叫王大。两人同出太原王氏一族，为东晋居有鼎盛地位的一门士族，两人在年少时期感情交好；后来各自涉身政治之后，王恭隶属晋孝武帝一派，而王忱则属宰相司马道子一派，由于主相之间，有其矛盾心结，也造成了王恭和王忱感情日渐转薄，甚至最后产生仇隙，《世说新语》中出现不少两人从早期友好关系到晚年交恶的精彩实录。

在这则故事里，王恭想知道王忱对三国魏末"竹林七贤"之一的阮籍，与西汉辞赋大家司马相如有何不同？王忱回答说："阮籍胸中垒块，故须酒浇之。"意为阮籍除了胸中多了一股抑郁不平之气外，和司马相如并没有什么地方不一样，阮籍之所以纵狂饮酒，是想冲刷去除累积在胸口的不平之气。后人也多以"胸中垒块"一语，比喻人怀才不遇，只好借酒来浇愁。

历久弥新说名句

《世说新语·任诞》王恭提到另一位与阮籍比较的人物是西汉的司马相如，两人皆写得一手好文章，也同样都是趋吉避凶的处世高手。据《史记·司马相如列传》记载："相如口吃而善著书，常有消渴疾。与卓氏婚，饶于财。其进仕宦，未尝肯与公卿国家之事，称病闲居，不慕官爵。"司马迁眼中的司马相如，虽不善言语，讲话有口吃的毛病，患有糖尿病；但文章写得极好，与富家女卓文君成婚，深谙理财之道；在做官的时候，经常以生病为理由，不愿参与同事之间对国家大事的讨论，表现出一副事不关己的态度。

就后人王忱的观察，认为司马相如和阮籍唯一不同之处，在于司马相如是真心不想被官场斗争牵累，阮籍则是生在乱世不得已的选择，故只能终日借酒浇愁，除心中的落寞神伤。

生于东晋末、南朝宋初的陶渊明，其五言诗《九日闲居》中云："酒能祛百虑，菊解制颓龄。"意为酒能去除人的百种忧虑，服菊能防止人的年龄衰老。此诗即是写于九月九日重阳节，见证了喝酒能祛除人心抑郁不平的诗人，难怪可以创作出 20 首脍炙人口的《饮酒诗》，把酒视为他人生的知音。

世称"诗圣"的唐代诗人杜甫，其五言律诗《落日》最末两句为："浊醪谁造汝，一酌散千忧。"此时，年逾半百的诗人，从年轻时的满怀理想，到历经战乱的颠沛流离，成为一个饱受病痛摧残的垂垂老人，他忍不住想问手上的酒，要酒回答到底是谁创造了"酒"，让人一饮，马上排遣心中所有不快与忧愁；酒当然不会回答任何人的问话，但显然杜甫也必须靠着酒的麻醉，才能稍稍抒放他那颗苦闷、郁结的心灵。

三日仆射

名句的诞生

周伯仁[1] 风德雅重[2]，深达[3] 危乱。过江积年[4]，恒[5] 大饮酒，尝经三日不醒。时人谓之"三日仆射[6]"。

——任诞第二十三

完全读懂名句

1. 周伯仁：即周颛，字伯仁。2. 雅重：庄重。3. 深达：深知。4. 积年：连年。5. 恒：常的意思。6. 仆射：古代官名，地位仅次于尚书令。

周伯仁风格德行高尚庄重，深知国家的危乱。随晋室过江几年之后，经常大量喝酒，曾经一连三天不醒。当时的人就把他叫做三日仆射。

名句的故事

　　这个故事的脉络需从东晋南渡的历史来看，众所皆知，永嘉之祸后西晋的皇帝、后妃与王储等都被胡人掳到北方。大批的北方士族为避免战事，也不想被胡人统治，纷纷率族人来到南方新乐园。由于南方开发未久，民风尚淳朴，地方豪族对于南渡的"高族门第"心生向往，乃自愿地退出首都金陵，让给南来的皇族公卿、高官子弟。本篇名句的主人翁周颚，在这种情形下来到南方，他在西晋末年时，已是享誉声名，担任至尚书左仆射的高官，如同宰相。

　　东晋开国之初，民间盛行着一句俚语："王与马，共天下。""王"指的是鼎鼎大名的琅琊王氏王敦、王导兄弟，王敦负责军事大权，王导于朝中辅政。"马"是统治者司马家。从这句俚语不难看出当时士家大族的势力非常之大，连皇帝也要退让三分。但由于皇帝对这些士族怀有戒心，一方面给他们高官厚禄，一方面也怕他们造反，其中又以琅琊王氏最让皇帝戒慎恐惧，因为他领有东晋武力最强的一支军队。果然后来王敦叛变，弟弟王导深知明哲保身，因此兄长叛变时，他并不表态，仅暂时退出政坛。弭定王敦之乱后，尽管晋元帝清算此事，却因王导家的势力实在太大，只能草草了事。

　　正如周颚最初的担忧，即使他喝酒避事，灾难仍然降临。王敦叛变之初，谣言已经传到宫廷，皇帝赶紧派人将王导找来，原本想逮之入狱，周颛基于与王导的交情，极力为他辩解。但之后王敦大军成功进入首都，王敦开始清算这些为晋元帝服务的官员，王敦询问王导要不要杀掉周颛，王导一言不发，最后导致周颛被杀。王导得知消息后，痛哭流涕说："吾虽不杀伯仁，伯仁由我而死。"伯仁就是周颛的字，王导所言"吾虽不杀伯仁，伯仁由我而死"，于是成为历史典故。

历久弥新说名句

"醉生梦死"的逃避方法，在周颛以前早有前例。最著名的莫过于阮籍的例子。司马昭为儿子司马炎向阮籍求姻，阮籍却不想将女儿许配给司马家。因此每当司马家派使者来问时，总是故意喝得酒醺醺，一问三不知，让司马家的使者无法回复。如此反复 60 日，司马家才作罢，放弃了联姻这件事。阮籍这项举动其实是想与政权统治者拉开距离，故意装疯作傻，避免将来被扯入政治风波当中。而阮籍的举动并没有得罪司马家，反而认为此乃"清玄名士"该有的特色。当外面的人批评阮籍时，司马昭还为他说话呢！

名士不必须奇才，但使常得无事

名句的诞生

王孝伯[1] 言："名士不必须奇才，但使常得无事，痛饮酒，熟读《离骚》，便可称名士。"

——任诞第二十三

完全读懂名句

1. 王孝伯：王恭，字孝伯。

东晋王恭说道："做名士不必须要特别怀有奇异的才能，但一定要常常空闲，痛快地畅饮喝酒，熟读《离骚》，就可以称之为名士了。"

名句的故事

名句中主角王恭，曾担任东晋地方刺史，笃信佛教，在当时也颇有地位。王恭一辈子没读什么书，也不熟悉用兵，因此在东晋末年的战乱中被敌军所杀。刘义庆于《世说新语》中收录此则，其实是具有暗讽之意。乍读还以为在讽刺当时所谓的"名士"，他们只要每天闲闲没事做，喝喝酒醉醺醺，再附庸风雅几句诗话就可以了。但在这里，刘义庆所要嘲讽的是，这些人明明不是名士，想要模仿却又画虎不成反类犬，徒留笑话。

若说是王恭故意嘲讽当时的"名士"，那倒也不至于。因为王恭话中最大的败笔就是"熟读《离骚》"。以魏晋时期玄风清谈之盛，大家要熟悉、精读的书，怎么会是屈原那种满腔热血、经世济民的思想抱负呢？当然是当时最流行的"三玄"啦！即是《老子》、《庄子》、《易经》，这些书上特立独行的言论，才能颠覆过去儒家规范性的礼法束缚，要熟读这三本书，才能跟得上流行的脚步。因此当王恭说出《离骚》，就显露出他根本不懂何谓"名士"，不小心露出马脚来了！正因为他吐露出不属于这个集团的标记，更显示其实他很想进入这个圈子。王恭犯了名士不会犯的错误，正是在显示他附庸风雅的一面。

历久弥新说名句

魏晋南北朝时期是中国历史上少有的解放时代，类似20世纪70年代时的嬉皮风气。当时对礼法的藐视与反抗，即使是21世纪的我们，对于当时许多光怪陆离的任诞、玄风恐怕也无法理解。特立独行的言行不仅是王孝伯所说的无事、饮酒而已，举止放荡、任性而为等更不在话下。举例来说，当时著名的名士周颤，在一次公开的场合当中，当场轻薄主人纪瞻的爱妾。当时与座的满是朝廷要臣，尚有王导。依常理来说，一般人根本就不会有这种不合言行的举止，更何况是满腹经纶的官员。周颤这种行为，在我们看来简直是匪夷所思，在当时却无受到任何惩处。

不过，这种以"任诞"为名的放肆举止，也非当时人普遍可以接受的。在五胡十六国时期，北方姚兴的统治下，积极以整饬风纪闻名于史。当时的黄门侍郎古成诜"每以天下是非为己任"，严格举发不法之情事。当时住在京城的韦高，特别仰慕阮籍不合流俗的言行举止，因此想学习阮籍，在母亲过世之后，也喝酒弹琴。古成诜得知后，欲"以崇风教"，企图将他私下处死。韦高得知消息后，连夜打包逃离京师，此后终身不敢见古成诜。因此，想要任诞也需要考量实况，并非所有主事者都能接受放浪形骸的举止行为。一时的风流放达，也逐渐走到历史的尾端。进入隋唐以后，儒家礼法的规范再次成为整个社会的主流。

箕山之志

名句的诞生

嵇中散[1]既被诛，向子期[2]举郡计[3]入洛，文王引进，问曰："闻君有箕山之志[4]，何以在此?"对曰："巢、许狷介[5]之士，不足多慕。"王大咨嗟[6]。

——言语第二

完全读懂名句

1. 嵇中散：嵇康字叔夜，曾任中散大夫，为竹林七贤之一。
2. 向子期：向秀字子期，与嵇康友善，亦为竹林七贤之一。
3. 举郡计：郡国上陈会计之簿籍时，推举其才。4. 箕山之志：尧时巢父、许由隐居于箕山。后人用"箕山之志"比喻隐居遁世的意思。5. 狷介：耿介自守不与人苟合。6. 咨嗟：赞叹。

嵇康被杀以后，他的好友向秀被州郡政府推举给中央，司马昭为他引荐，问他说："听说你有隐居遁世的志向，为何会来到这里？"向秀回答说："巢父、许由虽然耿介自持，却不明白尧的让贤之意，不值得赞美羡慕。"司马昭大为赞叹称许。

名句的故事

巢父与许由都是古代的高士，相传尧想将天下让给许由，许由不接受而避居箕山。之后"箕山之志"就用指隐居避世、不慕虚荣的高尚志节。

向秀本意隐居不愿出仕，嵇康被杀害以后，在当权者的高压震慑下，他只得应征召到洛阳，司马昭嘲讽地问他："听说你有箕山之志，怎么在这里？"向秀以"巢父、许由不懂尧让贤之心，不值得赞美羡慕"的话语，取得司马昭的赞赏。因为在位者待士并无礼遇之心，向秀不得不谦逊自抑，以求免祸。《晋书》本传说："后任黄门侍郎，转散骑常侍，在朝不任职，容迹而已。"身处乱世，做不做官都由不得自己，在其位而不任其事，当个闲官，无为而治，也是消极的全身之道吧！

历久弥新说名句

向秀为"竹林七贤"之一，与嵇康相交友善，但两者的思想主张略有不同。嵇康主张"越名教而任自然"，要求抛开世俗名教的束缚而纯任自然本性；向秀主张名教与自然合一，两者不必相违背。魏时王昶的《诫子书》就教导他的子弟要"遵儒者之教，履道家之言"，"能曲以为伸，让以为得，弱以为强，鲜不遂矣"。至于如伯夷、叔齐那样隐居山林之辈，"虽可以激贪励俗，然圣人不可为，吾亦不愿也"，可见一般士大夫的心理，还是比较认同入世的"逍遥"；虽然怀抱箕山之志一向被视为高尚的情操，如《文选·曹丕·与吴质书》就称："伟长独怀文抱质，恬惔寡欲，有箕山之志，可谓彬彬君子者矣。"

向秀从洛阳应郡举回来，途中经过昔日与嵇康、吕安游宴的山阳故居，写下了有名的《思旧赋》，"于时日薄虞渊，寒冰凄然，邻人有吹笛者，发声寥亮"，回想昔日旧游均惨遭杀害，山阳闻笛，更是感慨万千，文中情景交融，充满凄怆悲凉的情调，表达了对亡友深挚的怀念。

丈人不悉恭，恭作人无长物

名句的诞生

后大[1] 闻之甚惊，曰："吾本谓卿多，故求耳。"对曰："丈人[2] 不悉[3] 恭，恭作人无长物[4]。"

——德行第一

完全读懂名句

1. 大：指王大，就是王忱，小字佛大。2. 丈人：称呼长老或老成的人。3. 悉：知道、认识、熟悉。4. 长物：多余的东西。

王忱知道后，非常惊讶地说："我原本以为你有很多张这样的席子，所以才跟你要呀！"王恭回答："您老人家不了解我的为人，我生活上一直都没有多余的东西。"

名句的故事

王恭是东晋时期人士，他曾经担任过丹阳尹、中书令、太子詹事等职，他是一个生活简朴、清廉、为官正直的文人。

王恭随着父亲，从盛产竹子的会稽来到了东晋的都城建康，与他交好的同族王忱便去探访。王恭与王忱两人坐在一张竹席上闲谈，王忱很喜欢这张竹席，他以为王恭从盛产竹子的会稽来，应该带来很多这样的席子，所以，他开口向王恭要了这张竹席，王恭也很爽快地答应。后来王忱才发现，原来王恭就只有这么一张好的竹席，对王恭的俭朴就更加敬佩了。

王恭对于这件事情，也仅是轻描淡写地说，他是一个生活上没有多余物质的人，这也就是成语"别无长物"的由来，形容一个人的生活简朴，或是生活贫困。身无长物、一无长物、家无长物，都是同样的意义。然而，与其说王恭对于物质生活没有太多的欲求，不如说王恭是一个生活态度达观的人。

历久弥新说名句

三国时代的陆绩被吴国的孙权拜为郁林太守，他为官清廉，两袖清风，所以深得当地百姓的拥戴。当他要卸任返回家乡苏州时，陆绩的全部家当居然无法装满一船，甚至因为船身实在太轻、吃水太浅，如果行程中遇到风雨，可能就会被淹没。因此，陆绩干脆搬了石头来增加船的重量。回到家乡后，这颗石头被弃置在城门外，日子一久也被埋入土中，直到明朝弘治年间才被挖掘出来，被世人称为"廉石"，它目前放置在中国江苏省苏州市碑刻博物馆中。

清朝也有一个像陆绩一般"官无长物"的人物，就是毕振姬。根据《清史稿》记载："振姬居官不染一尘。归日一仆一马，了无长物，真学行兼优之人。"毕振姬自顺治四年中了进士之后，便一路为官清廉，到顺治十六年升任广西按察使后，便逐渐在政坛引退，当时的他就只带了一个仆人与一匹马离开。这样俭约的官员，在政坛中相当少见。

齐秀玲在《禅者的风范》一文中，探讨圣严法师的居家生活。圣严法师以"平时饿不死，寒季冻不死"的示准，张罗自己的居家环境，因为他把这样的环境当做是修行的道场，即"随时观照、处处净土"。因此齐秀玲称赞法师具备"头陀无长物的道风，颜回居陋巷的襟怀"，所谓"头陀"就是修习十二种苦行的比丘，"身无长物"即是修行境界的另一个层次呀！

一手持蟹螯，一手持酒桮，
拍浮酒池中，便足了一生

名句的诞生

毕茂世云："一手持蟹螯[1]，一手持酒桮[2]，拍浮酒池中，便足了一生。"

——方正第五

完全读懂名句

1. 蟹螯：螃蟹的第一对足。2. 酒桮：酒杯。桮，同"杯"字。

毕卓说："一手抓着螃蟹足，一手拿着酒杯，在酒池中浮来游去的，这一生便已足够了。"

名句的故事

毕卓，字茂世，晋时担任过吏部郎，深得胡毋辅之、温峤等东晋开国大臣赏识，晋祚东渡，任平南长史，卒于此官。据《晋书·毕卓传》所记，毕卓嗜酒如命，时常喝到烂醉如泥而旷职。更夸张的是，毕卓有一回到朋友家中喝酒，喝到半夜桌上的酒已全部喝光，主人也已醉倒。他还能满身醉意地走到朋友的酒瓮间盗酒来喝，被掌管酒的人当成小偷捆绑起来。等到天一亮，主人发现被捆绑的是毕吏部，才赶快命人将绳子解开。此时，已喝了一夜还遭到五花大绑的毕卓，一点也不想打道回府，竟邀请朋友继续饮酒。可见毕卓不仅爱酒成痴，其个性也放达不羁，完全把别人的家当成自己家一样。

毕卓的传世名言，即是这句："一手持蟹螯，一手持酒杯，拍浮酒池中，便足了一生。"对他而言，有鲜美的蟹肉可食，有醇郁的醇酒可饮，可以浮游在一座用酒打造的池子里，一生便了无遗憾，表达其自适人生。

历久弥新说名句

魏晋人嗜"酒"，已经到毫无常理可言的地步，甚至还会对"酒"下一番新解，以诠释这杯中物对自己的重要性。除了毕卓之外，《世说新语·任诞》还记载了诸多名人雅士对酒的定义，如东晋孝武皇后的父亲王蕴曾云："酒，正使人人自远。"直指酒可使人的意境自然高远；王蕴官拜光禄大夫，甚有德政，世称其"清和"，赞许他为人的清廉谦和。

又如东晋丞相王导最小的儿子王荟说道："酒，正自引人箸胜地。"指酒能引人沉浸在美好意境当中，此话也成了后来"引人入胜"这句成语的由来。王蕴和王荟当时皆为颇受好评之士，两人一致认为"酒"足以引领人的心灵，更直达绝妙高远、不可言喻之境。

还有一个王蕴的族亲，名叫王忱，曾任荆州刺史，他则是感叹地说："三日不饮酒，觉形神不复相亲。"要他三天不喝酒的话，等于逼他的形体和精神分开，不再互相亲近，即今所谓"魂不守舍"的意思。可见这些魏晋名士不仅钟情于酒，也会为自己狂恣饮酒行为寻求合理的解释。

唐人"诗仙"李白，堪称是酒的最佳代言人，其五言古诗《月下独酌·其四》最末四句："蟹螯即金液，糟丘是蓬莱。且须饮美酒，乘月醉高台。"李白仿效前人毕卓，手持蟹螯来下酒，认为其美味好比琼浆金液的仙药般，又将酒糟堆积成山丘，在诗人眼中，就像是一座蓬莱仙山。看来李白嗜酒成癖的程度，丝毫不输给魏晋的名流士绅，难怪被封上"谪仙人"的称号。

日莫倒载归，酩酊无所知

名句的诞生

　　山季伦为荆州，时出酤畅。人为之歌曰："山公时一醉，径造高阳池¹，日莫²倒载归，酩酊³无所知。复能乘骏马，倒箸白接篱⁴，举手问葛疆，何如并州⁵儿？"高阳池在襄阳。疆是其爱将，并州人也。

——任诞第二十三

完全读懂名句

　　1. 高阳池：位在今湖北襄阳岘山南，本名"习郁池"或"习家池"，汉侍中习郁在此依春秋楚人范蠡养鱼法做鱼池。秦末汉初，来自古高阳乡（今河南杞县西北）的郦食其自称"高阳酒徒"，晋人山简镇守襄阳，每临此池，必置酒畅饮，狂呼"此是我高阳池"，后遂改称"高阳池"。2. 莫：音mù，"暮"的本字。指傍晚太阳将落的时候。3. 酩酊：大醉的样子。4. 白接篱：饰有鹭羽的白帽。5. 并州：州名，位在今山西太原。

山简担任荆州刺史时，经常到郊外畅饮。有人因而作了一首歌，歌词为："山公每一次大醉，就直接到高阳池。直到日落才倒在车上回来，醉到什么事都不知道了。有时他又会骑在骏马上，倒戴着插有鹭羽的白帽。举手问葛疆说：'我比你家乡那些并州儿郎来怎么样？'"高阳池在襄阳，葛疆是山简的爱将，为并州人。

名句的故事

山简，字季伦，是"竹林七贤"山涛之子。西晋怀帝永嘉三年，山简镇守襄阳，担任荆州刺史，当时正值天下分崩离析之际，朝野无不惶恐，山简却能优游在襄阳的一座林池边，唯酒是耽。于是当地孩童为他作了一首山歌，歌中生动描写山简从大白天喝酒喝到太阳下山，才醉倒在车上归返的模样，而他早已醉得不省人事了。当然，山简也并非每次都喝得如此酩酊大醉，还未醉倒前，会带着一身蒙眬酒意骑在马上，头上倒戴着一顶插有羽毛的白帽，壮志豪情地想和部将家乡的壮丁一较高下。因此后人则以"山简醉酒"一语，形容一个人喝醉酒的潇洒姿态。

历久弥新说名句

晋人山简来到襄阳，爱上了遍植竹木的"习郇池"，每次都会带着酒到池边喝，他想起那位秦末辩士，自称"高阳酒徒"的郦食其和自己一样也是个爱酒人，故每每醉酒后，山简总会对着池水狂喊"此是我高阳池"，经由他这样不断喊着，池子后来也被更名为"高阳池"。

南宋文人辛弃疾，为人重气节，作品豪气干云，其《定风波又》上片为："昨夜山公倒载归，儿童应笑醉如泥。试与扶头浑未醒。休问！梦魂犹在葛家溪。"辛弃疾在此俨然以山简的化身自居，他临摹山简烂醉如泥的倒卧马上，使得一群孩童哈哈大笑，旁人赶紧上前试着扶住他的头，山简却早已醉得浑然不知。词人不禁叹道：一切都别再多问了！因为醉倒在马上的人，他的魂魄还游荡在部将葛疆并州家乡的溪畔，正在做和并州男儿比画的梦呢！这是辛弃疾尝试走进山简醉酒时的内心世界所作的一阙词篇。

青州从事，平原督邮

名句的诞生

　　桓公有主簿[1]善别酒，有酒辄令先尝；好者谓"青州[2]从事[3]"，恶者谓"平原[4]督邮[5]"。青州有齐郡[6]，平原有鬲县[7]；"从事"言"到脐"，"督邮"言"在鬲上住"。

——术解第二十

完全读懂名句

　　1. 主簿：职官名，主管文书簿籍及印鉴。汉以后中央机关及地方郡县皆设有此官。2. 青州：古城名，是现今山东省益都县。3. 从事：职官名，汉朝刺史的辅佐官吏。有到职参与其事的意思，故下文说"从事"言"到脐"。4. 平原：地名，在今山东省平原县。5. 督邮：古时候的驿站称为"邮"，督邮就是监督驿站的官职。6. 齐郡：汉郡名，位于现今山东省。与下文的脐古音通用。7. 鬲县：汉郡名，与下文的鬲古音通用。

桓温有一位主簿善于辨别酒的好坏，因此有酒的话都会请这位主簿先品尝。这位主簿把好酒称为"青州从事"，差的酒称为"平原督邮"。由于青州有一个齐郡，平原有一个鬲县。所以"青州从事"是说酒力直到肚脐的位置；而"平原督邮"是说酒力才到横膈膜上就上住了。

名句的故事

好酒之所以称做"青州从事"，是因为当时的青州境内有个地方叫做齐郡，"齐"跟肚"脐"的音是类似的，而"从事"就是办事的人，需要的是精力；好酒喝下去，它的酒力可以直达肚脐。所以这位主簿把好酒比喻为"青州从事"。

坏酒之所以称做"平原督邮"，是因为"督邮"言"在鬲上住"。平原这个地方刚好有一个鬲县，"在鬲上住"的"鬲"是指横膈膜。"督邮"的任务就是要监督驿站，每到一个驿站就停驻在那里，而坏酒的酒力不好，到横膈膜就打住了，所以坏酒就被比喻为"平原督邮"。

由上可知，这位主簿人不仅幽默，他的地理常识一定丰富，善于用文字上的谐音来做比喻，让人发出会心的一笑。

历久弥新说名句

曹操在"挟天子以令诸侯"后建立了魏国，虽然他曾经高亢

"对酒当歌，人生几何"，但爱酒的他居然下了禁酒令！其目的在于收拾颓废的人心，并富国强兵、重新统一中国。当时的士人们虽然强烈反对，但是曹操禁酒的意志却十分坚定，因此大家都偷偷饮酒。想当然尔，喝酒却不能说出酒字，所以就把有糟的"白酒"称为"贤人"、"清酒"称为"圣人"，整天圣贤来圣贤去，其实都是在交流喝酒的经验呀！

佛家人把酒称为"般若汤"，是因为唐朝长庆年间，有一位到处游历的僧人，来到一间寺庙诵经，却叫寺庙的侍者去买酒。结果买回来的酒被寺庙的住持往大树上砸过去，瓶子都碎了。这位僧人说："我诵《般若经》，要喝一杯酒，便声音嘹亮。"说罢，便收回被泼出去的酒，然后喝下几口。这就是"般若汤"的由来。

何可一日无此君

名句的诞生

王子猷[1] 尝暂寄人空宅住，便令种竹。或问："暂住何烦尔[2]？"王啸咏[3] 良久，直指竹曰："何可一日无此君[4]？"

——任诞第二十三

完全读懂名句

1. 王子猷：王徽之，字子猷，王羲之的儿子，性情放达，不受拘束。2. 何烦尔：何必麻烦做这种事。3. 啸咏：歌啸吟咏。4. 此君：指竹子。

王徽之曾经暂时寄居在别人的空屋子里，一搬去就教人种竹子，有人问他："只是暂时居住，何必麻烦做这种事？"王徽之歌啸吟咏了很久，直指着竹子说："不可以一天没有这位先生呀！"

名句的故事

竹，秀逸有神韵，象征君子的风度翩翩；竹心中空有节，象征虚心能容而有高尚的气节；岁寒长青、弯而不折的特性，带着傲然的气质。竹既有审美的意象，又与士人崇尚飘逸风雅的思想相契合。因此，素来深为名士文人所赏识。

"啸"本是一种古老的发声方法，透过仿真动物以及其他许多自然声而形成，啸法一方面成为道人的法术，另一方面则发展成为歌咏的手段。魏晋时期受谈玄说理风气的影响，许多名流高士如嵇康、阮籍等人也都雅好啸法，"啸咏"成为一种独特的歌咏形式，频频出现在文人的作品中，成为独特的文学意象。

王徽之放达不羁的个性，从另一个与竹子有关的故事也可以看出来：

王徽之经过吴郡时，看到一个士大夫家种了许多极好的竹树。主人知道王徽之一定会再来，就打扫庭除、布置房屋，等着王徽之到堂上来看他。没想到王徽之一来便径行步入竹林，吟咏呼啸许久，即要直接离开，主人一急，就叫仆人把大门关上，不让他出去。王徽之反而欣赏主人这样率性的举动，便留下来宾主尽欢后才离去。

历久弥新说名句

自古以来，文人雅士对竹有着特殊的情感，除了伦理道德的象征意义外，也爱那一份隐逸洒脱的含义。

可与王徽之相提并论，另一个爱竹又率性的文人是宋代的苏轼。苏轼爱竹也喜欢吃猪肉，他在《于潜僧绿筠轩》诗中称："可使食无肉，不可使居无竹。"因为，"无肉令人瘦，无竹令人俗。人瘦尚可肥，士俗不可医。"如果两者无法兼得时，他还是会以竹为重。此外，苏轼也喜欢喝点小酒，在《饮酒说》中说："予虽饮酒不多，然而日欲把盏为乐，殆不可一日无此君也。"此处的"不可一日无此君"，是指酒而不是指竹了。

文人爱竹、画竹、写竹，吟咏赞叹，自古皆然，但清代"宦海归来两袖空，逢人卖竹画清风"的郑板桥，却为自己的一幅《画竹》题了一首打油诗："无肉令人瘦，无竹令人俗。若要不瘦又不俗，除非天天笋炒肉。"这首诗从苏轼的竹与肉引申而来，充满戏谑的意味。近来在网络上有一首有趣的打油诗："竹似伪君子，外坚中却空。根细善钻穴，腰柔惯鞠躬。成群能蔽日，独立不禁风。文人多爱此，声气想相同。"以文人所爱之竹，反讽无节无行的文人，也真是匠心独运了。

人生贵得适意尔，
何能羁宦数千里以要名爵

名句的诞生

张季鹰辟[1]齐王东曹掾[2]，在洛，见秋风起，因思吴中[3]菇[4]菜、莼[5]羹、鲈鱼脍[6]，曰："人生贵得适意尔，何能羁宦[7]数千里以要名爵？"遂命驾便归。俄而[8]齐王败，时人皆谓为见机[9]。

——识鉴第七

完全读懂名句

1. 辟：征召。2. 掾：音 yuàn，古代官府属员的通称。3. 吴中：位在今江苏苏州。4. 菇：音 gū，植物名，俗称筊白笋。5. 莼：音 chún，植物名，又名莼菜。嫩叶可做羹汤，味鲜美，多生于池沼中。6. 鲈鱼脍：将鲈鱼做成菜肴，自古即为江南一道名菜。7. 羁宦：滞留在外地做官。8. 俄而：不久。9. 见机：事先察明事情的发展与变化。

张季鹰奉了齐王征召任职东曹掾的官位，当时人在洛阳，看见秋风兴起，因而怀念家乡吴中美味的菇菜、莼羹和鲈鱼脍，说道："人生在世最可贵的是自在如意而已，为什么要离开家乡数千里来做官，只为了追求功名爵位呢？"于是叫人驾车返回家乡。不久，齐王事败而亡，当时的人都说张季鹰是一个懂得事先洞察事情变化的人。

名句的故事

张翰，字季鹰，西晋人。《晋书·张翰传》说他"有清才，善属文，而纵任不拘"，但实际上，张翰对外表现出放纵不拘的形象，除天生性情之外，更大的因素是他正逢西晋"八王之乱"的明哲保身之道。

晋惠帝永宁元年（公元301年），赵王司马伦叛变，废去晋惠帝，自立为帝；齐王司马冏联合了河间王司马颙、成都王司马颖，一同起兵讨伐赵王，赵王不敌，兵败遭赐酒而死。其后，齐王司马冏威风凛凛地迎晋惠帝复位，他也因复兴皇室有功，担任大司马职位，从此独揽朝政大权；张翰受齐王征召为东曹掾，即是发生在这一两年的事。

齐王司马冏在辅政期间，展现不可一世的傲慢态度，出入皆比照皇帝的排场，又成日沉溺声色，荒废国事，他骄奢无度的行为，自然让其他王族找到借口对其讨伐；晋惠帝太安元年（公元302 年），长沙王司马乂联合河间王司马颙攻入京都洛阳，齐王被斩于阊阖门（皇宫正门）外，至于齐王的党羽，也一律被诛灭三族。

《世说新语·识鉴》写秋风起时，身在洛阳的张翰心生乡愁，思念家乡吴中的佳肴美味，其实张翰早已嗅出当时政局的吊诡气氛，使他决定离开那云谲波诡的京城。果然，张翰一离开洛阳没多久，齐王很快遭到王族杀害，难怪人们称赞张翰具有洞察先机的睿智，才幸运地逃过这场浩劫。

张翰辞官前作有一首《鲈鱼歌》，歌云："秋风起兮木叶飞，吴江水兮鲈正肥。三千里兮家未归，恨难禁兮仰天悲。"从此"秋风鲈脍"成为羁旅在外之人，渴望放弃名利官爵牵绊，想早日返乡过惬意日子的用语。

历久弥新说名句

每一个人心中渴望的"适意"生活，皆不尽相同。如西晋张翰体验官宦生涯后，终于参透"无官一身轻"才是真正写意人生，辞掉了人人称羡的官爵，因而逃过一劫，因此《世说新语·识鉴》称许他为"见机"者。

但有些人的"适意"只是希望能和心上人厮守，如汉末无名诗人作古诗十九首，其中《凛凛岁云暮》最末四句："眄睐以适意，引领遥相睎。徒倚怀感伤，垂涕沾双扉。"此诗描写一名已婚女子，梦见远行在外的丈夫回家，梦中的她眼波流露无限情思，承欢献媚地讨好丈夫，盼望丈夫更加怜惜自己。不料，等她大梦初醒，根本不见丈夫踪影，她只能失望地伸长颈子远望，徒然倚门伫立，那晶莹泪水也就一滴滴地落在门扇上。诗中所言"适意"，一方面是希望可以称心如意地见到丈夫，也带有取悦丈夫的意思。

东床上坦腹卧，如不闻

名句的诞生

郗太傅[1]在京口，遣门生与王丞相[2]书，求女婿。丞相语郗信[3]："君往东厢，任意选之。"门生归，白[4]郗曰："王家诸郎，亦皆可嘉，闻来觅婿，咸自矜持，唯有一郎，在东床上坦腹[5]卧，如不闻。"郗公云："正此好！"访之，乃是逸少[6]，因嫁女与焉。

——方正第五

完全读懂名句

1. 郗太傅：郗鉴，曾任徐州刺史，镇守京口。2. 王丞相：指丞相王导。3. 信：信使，传递信息的人。4. 白：回报、告诉。5. 坦腹：露出腹部。6. 逸少：王羲之，字逸少，是王导的侄儿。

太傅郗鉴镇守京口的时候，曾经派门生传信息给王导，想要从他家挑选女婿。王导回复使者道："你到东厢房去，随意挑选吧！"门生回来后，告诉郗鉴："王家的那些公子们都很不错，听说您要来挑女婿，都拘谨严正以待。只有一位公子躺在东边卧床上袒胸露腹，好像不知道有这件消息一般。"郗鉴说道："这个正好！"于是亲自访查，原来是王羲之，便把女儿许配给他。

名句的故事

本篇名句中的人物皆鼎鼎大名，郗鉴、王导已爬上高位，王羲之从小也因为聪慧而享有盛名。郗鉴基于琅琊王氏门第之高，因此想借由联姻来提高自家身份地位。有趣的是，王导也了解对方心里所想，却也不以为意，让郗鉴门生自己到后院挑选，仿佛只是在挑水果一般。或许这种方式真有可取之处，挑来拣去还真的拣到人中之龙——王羲之。郗鉴欣赏他不会刻意矜持奉承，云淡风轻、神色自若，于是将女儿郗璿许配给王羲之。这段故事后来也收入王隐《晋书·王羲之传》中，而且增加王羲之坦露腹部、倒卧在床上吃啃着胡饼的模样，王羲之风流不羁的形象更加写实完整。鉴于《世说新语》本则名句所载之情节过于生动，此后常以"东床"、"令坦"、或"东坦腹"、"坦腹东"（同床）来代指女婿。

历史上这种特殊择婿的方式屡见不鲜。唐代由于科举取士兴盛，且进士得第之后，未来前程一片光明。因此许多高官贵卿或富有人家，都会趁着放榜的时候，站在榜单下方为女儿挑选一门上等姻缘。五代人王定保于其作品《唐摭言·散序》当中，就曾记载："曲江之宴，行市罗列，长安几于半空。公卿家率以其日拣选东床，车马阗塞，莫可殚述。"王定保这本书全记载着有关唐代科举制度，及相关的遗文琐事、文士风习，对于了解唐代士人、科举文化有很大贡献。在这篇小文章当中，记录着唐人"榜下择婿"的风俗。曲江之宴即是登科举子才有资格参加的皇帝赐宴，其中之意气风发自不言待。

诗人孟郊曾于《登科后》言："昔日龌龊不足嗟，今朝旷荡思无涯。春风得意马蹄疾，一日看尽长安花。"孟郊是科场常败将，却愈挫愈勇。这首他初及第的诗，让人闻之莞尔不已，也可体会他内心满怀之畅快。曲江宴时，与会公卿将仔细挑选着东床快婿，为待字闺中的女儿招来好夫婿。

历久弥新说名句

王羲之东床坦腹的故事，后来也成为佳婿的代言词。中唐诗人刘长卿曾受官员诽谤，贬谪到南方随州担任刺史，写下《登迁仁楼酬子婿李穆》一诗。其言："归路空回首，新章已在腰。非才受官谤，无政作人谣。"由于谣言毁谤让他调离旧职，迁谪到更偏远的随州，到任之初他写下这首诗，记录其心路历程。语末他欣慰感叹道："赖有东客，池塘免寂寥"，还好有个东客（好女婿），一路陪伴着他，让他身处荒土得免于无聊。

清初曹雪芹写《红楼梦》时，也曾运用东床的典故。作者在最初铺陈说明全书架构时，先借由第三者的口吻，将贾府诸多人物一一批点、素描，略作摘要，以便读者进入情境。贾雨村便是重要开首人物，他原本是位家道中衰、仕运尚未开展的穷酸儒士，因缘际会让他得以进入林府担任黛玉的启蒙老师。且由于林黛玉与贾府的亲戚关系，让贾雨村知晓贾家的大致情况。一日贾雨村与友人冷子兴谈天时，正说到关于宁国府、荣国府的事迹与几个小辈。冷子兴便道贾府中女儿们——元春、迎春、探春、惜春都还不错，不知"这小一辈的将来的东床如何呢"？曹雪芹借着贾雨村与其友人的观察与初步认知，环环推演相扣展开对贾府故事的描述。其中所言之"东床"，即是采用典故，代言这些女孩们的夫婿。

关于以"东床"为婿的代言词不胜枚举，但使用上仍需小心，不可尽以为都是指称女婿。有时东床并非指女婿，它也可以代指临时住宿、待宾凌客的床铺。如唐代诗人李贺于《将发》诗中言："东床卷席罢，濩落将行去。秋白遥遥空，日满门前路。"李贺这诗写得怅然，他是即将远行的过客，沦落失意、踽踽独行于萧瑟秋风当中。诗中的"东床"即形容暂时歇息、来去匆匆的旅客。

既有凌霄之姿，
何肯为人作耳目近玩

名句的诞生

支公[1] 好鹤，住剡东口山。有人遗[2] 其双鹤，少时翅长欲飞。支意惜之，乃铩其翮[3]。鹤轩翥[4] 不复能飞，乃反顾翅垂头，视之如有懊丧意。林曰："既有凌霄之姿[5]，何肯为人作耳目近玩[6]！"养令翮成，置使飞去。

——言语第二

完全读懂名句

1. 支公：支遁字道林，河内林虑人，本姓关，25 岁入佛道，53 岁卒于洛阳。2. 遗：音 wèi，赠送。3. 铩其翮：剪掉翅膀的羽毛。4. 轩翥：飞举的样子。翥，音 zhù。5. 凌霄之姿：乘云高飞的本质。6. 耳目近玩：供人狎近赏玩之物。

支遁爱鹤，住在剡县东部的印山。有人送给他两只鹤，不久翅膀长长了，想要飞走似的。支遁舍不得，就剪掉它们翅膀的羽毛。鹤举翅想飞，却不能再飞了，回过头来看看翅膀，把头垂下，好像很沮丧的样子。支遁说："既然有飞上云霄的本领，怎么肯让人当做耳目观赏的玩物呢？"再把它养到翅膀长好，就任它飞走了。

名句的故事

鹤的羽毛洁白，身姿秀丽，举止优雅，常翩然展翅，悠然而舞，充满飘逸灵动的美感，符合魏晋人士的审美形象。而且鹤善鸣，叫声清唳悠扬，《诗经·小雅·鹤鸣》："鹤鸣于九皋，声闻于野。"九皋，指深远的水边。如此置身于尘世之外而又声名远播的象征意义，符合士人在乱世之中避世远祸的隐逸心态，成为魏晋士人喜爱的禽鸟之一。

支遁是东晋时的佛教学者，擅长老庄之学，喜欢谈玄理。支遁除了养鹤也喜欢养马，但他养鹤而放鹤，养马而不乘马，只喜爱欣赏马的神骏与鹤的凌霄之姿。支遁豢养的双鹤在无法飞翔后，显露了颓丧的神态，支遁认为鹤有乘云高飞的本质，不愿让人当做耳目观赏的玩物，就让它自由翱翔而去。支遁的做法说明他并非以人役物，而能推己及物，具有物我无别、物我同等的认知。名士都不愿意任人支配成为别人的玩物，或许支遁把这种情感投射到鹤的身上了。

历久弥新说名句

支遁明白爱其物应顺乎其道，就任其自由飞去，以全鹤之性。相形之下，北宋的云龙山人张天骥养鹤就更聪明了，他养了两只鹤，性情驯良，善于飞翔。早上张天骥便朝着西山的缺口，把鹤放了，任凭它们四处飞翔，有时站在山边的田上，有时高飞云外去了，晚上鹤便向着东山飞回来，后来张山人在山上盖了一个亭子就叫做"放鹤亭"，他的好友苏轼还为他写了一篇《放鹤亭记》。

鹤具有高洁的形象。宋沈括《梦溪笔谈》说：赵抃去四川做官，随身携带的东西只有一张琴和一只鹤，闲坐时就看鹤鼓琴。后人用"一琴一鹤"称颂为官刑清政简，也用来称颂品德高尚的人。明朝和清朝文官的补服（职官礼服前胸与后背镶有金线及彩丝，绣成鸟兽图样的绣章），一品文官绣的正是飞翔在云端的丹顶鹤，即含有官吏政简清廉的期许。

举却阿堵物

名句的诞生

王夷甫[1] 雅尚玄远[2]。常疾[3] 其妇贪浊,口未尝言"钱"。妇欲试之,令婢以钱绕床,不得行。夷甫晨起,见钱阂行[4],令婢:"举却阿堵[5]物!"

——规箴第十

完全读懂名句

1. 王夷甫:王衍字夷甫,琅邪临沂人,官至太尉。2. 雅尚玄远:崇尚风雅的玄理思辨。3. 疾:患,厌恶的意思。4. 阂行:阂háng,阻碍行动。5. 阿堵:当时的俗语,就是"这"、"这个"的意思。

王衍崇尚风雅的玄理思辨,常常厌恶妻子贪婪污浊,因此口中从不说"钱"字。妻子想试着让他说出钱字,就叫婢女用钱围绕整个床铺，使他走不出来。王衍早晨起来，见到钱阻碍了行动，就叫唤婢女："拿掉这个东西！"

名句的故事

王衍与妻子郭氏是一对很有意思的夫妻，王衍贵为太尉，其人"神姿高彻，如瑶林琼树"、"容貌整丽，妙于谈玄"、"处众人中，似珠玉在瓦石间"，如此受人敬慕的璧人；妻子郭氏却是"才拙而性刚，聚敛无厌，干豫人事"，曾经因为小叔王澄劝阻她不要教奴婢在路上挑粪，而把小叔打得跳窗而逃，王衍虽然身居高位，却对妻子莫可奈何。

王衍是当时的名士，善于谈玄说理，以清高自许，所以绝口不提钱字，因而被传为美谈。但口中不言钱，未必就真的不爱钱，王隐写的《晋书》就说："夷甫求富贵得富贵，资财山积，用不能消，安须问钱乎？而世以不问为高，不亦惑乎！"钱财堆积如山，当然可以绝口不谈钱。因为本名句的故事，后世就把"阿堵物"当做钱的代称。

历久弥新说名句

与王衍同时期的鲁褒就写了一篇《钱神论》，刻骨地讽刺了当时重财好利、钱可通神的世态，他说："钱之为体，有乾有坤……其积如山，其流如川。为世神宝，亲爱如兄，字曰孔方……厌闻清谈，对之睡寐；见我家兄，莫不惊视"，这"孔方兄"的神妙在于"失之则贫弱，得之则富强……钱多者处前，钱少者居后，处前者为君长，处后者为臣仆"、"钱能转祸为福，因败为成，危者得安，死者得生。性命长短，相禄贵贱，皆在乎钱"，所以世人认为"钱之所佑，无不吉利。何必读书，然后富贵"，"有钱可使鬼，而况于人乎"，最后总结说：'死生无命，富贵在钱！"真是感慨良深。

钱的别称除了大家所熟知的"阿堵物"、"孔方兄"，还有一个来源更早的"铜臭味"。东汉灵帝时，因为朝廷腐败，公然卖官鬻爵，当时崔烈以五百万的代价，取得司徒一职，因而声誉大减。有一天，他佯装无事地问儿子崔钧，别人对他位居三公可有什么评论？崔钧说："你少年时就有英名，也曾任九卿，所以别人倒不是认为你没资格当司徒，只是嫌你有些铜臭味。"（《后汉书·崔骃传》）后来说人有铜臭味，就多少有些讥讽的意味。

未闻巢、由买山而隐

名句的诞生

支道林¹ 因² 人就深公³ 买山，深公答曰："未闻巢⁴、由⁵ 买山而隐。"

——排调第二十五

完全读懂名句

1. 支道林：人名，即东晋高僧支遁，字道林。2. 因：经由、透过。3. 深公：即竺道潜，字法深。一代高僧竺道潜。4. 巢：指唐尧时代的隐士巢父。5. 由：唐尧时代的隐士许由。

支道林透过他人向竺道潜买山来隐居。竺道潜听后回答："我没有听说过巢父、许由是买了山而去隐居的呀！"

名句的故事

相传巢父、许由都是書尧时代的贤德隐士，皆以不沾染政治为清廉。巢父居住在山中，不谋求世俗的利益，他年老时在树上筑巢而居，所以被称为"巢父"。据说唐尧想把天下禅让给巢父，但是巢父不肯接受；所以唐尧又寻访贤人许由，想要把帝位传给他。品德高尚的许由觉得自己不如舜、尧，因此不愿意接受，连夜跑到岐山隐居。

只是，唐尧又派人到岐山来请他做九州长官。许由坚持不受，并且跑到河边清洗自己的耳朵，以维护不沾染政治的"清白"。当他在河边的时候，遇到巢父牵了一头小牛来喝水，许由便将经过告诉了巢父。不料巢父听后反应更为激烈，回答说："你若是隐居在高山深谷，一心潜藏自己的光芒，那么谁会知道你这个人而来找你麻烦呢？你故意在外制造名声，现在却又跑来这里洗耳朵，可把我的小牛嘴巴都弄脏了。"便牵着牛到更上游的地方去饮水。

而本名句中支道林想要向竺道潜买的山，其实是很多高僧结庐修行的地方。竺道潜一听到有人要"买山而隐"，不由自主地讥讽；而"支遁买山"即被后人用来比喻归隐或隐居。后来，支道林便在不远处的沃洲小岭，盖了一间精舍，过起悠闲的隐居生活。

支道林在东晋士族社会中非常活跃，佛教理论在他的诠释下，在当时清谈圈中，具有一定的影响力。只是"买山"一念，意外透露出支道林"我执"的一面呀！

历久弥新说名句

归隐就是归隐，又何必拥有整座山呢？孟浩然便说："支遁初求道，深公笑买山。"有足够的金钱可以闲情逸致时，选择隐居是常有的事情，魏晋人士这样独特的山水情怀，常为后人所嘲弄。清朝的吴敬梓在《减字木兰花词》中写道："买山而隐，魂梦不随山谷稳"，也是用这个典故。然而"买山"毕竟是以入世功利的心态追求出世宁静的行为，因此即使隐居山中，夜深人静时，内心也无法像山谷一样地平稳吧！

"仁者乐山，智者乐水"，对于寄情山水间所获得的心灵洗涤，总是让文人义无反顾地恋山、恋水。宋朝王安石在《游钟山》中便写道："终日看山不厌山，买山终待老山间；山花落尽山长在，山水空流山自闲。"这种人生短暂与大自然永恒的情感依存，引发出多少文人的诗、词、书、画、乐，山水真是中国人无尽智能的泉源呀！

天地为栋宇，屋室为裤衣

名句的诞生

刘伶恒纵酒放达，或脱衣裸形在屋中，人见讥[1] 之。伶曰：
"我以天地为栋宇，屋室为裤衣，诸君何为入我裤中？"

——任诞第二十三

完全读懂名句

1. 讥：讽刺。

刘伶经常不加节制喝酒放纵，有时在家里甚至脱掉衣服赤裸
身体，人见了就常讥讽他。刘伶回道："我把天地当做我的房子，
把房子当做我的衣服裤子，你们这些人为何跑进我的裤子里
来呢？"

名句的故事

魏晋南北朝时期于中国史上开启许多的第一次，宗教与民族的多元、个体的解放等，都对固有的思维造成威胁，也产生许多变化。过去儒家经典强调"文质彬彬"，行为举止合乎礼仪的规范。魏晋时期则要求解放，突破礼制规范，许多光怪陆离的行为一一出现，"任诞"之风于是大胜。任诞风气以竹林七贤为代表，他们的一举一行，成为此后文人放荡行为的模仿对象。在任诞风潮中有几个指针性的行为模式，喝酒、清谈、裸身、散发、衣不蔽体等等。刘伶作为竹林七贤之一，在本篇名句中即以饮酒、裸身来颠覆固有礼教束缚。

在这则故事当中，刘伶相当聪明，将批评者的言论转个弯，且提升自己的地位，将批评者视为一般之俗人，完全不懂得他的泰然与修养。刘伶在此所说的"天地为栋宇，屋室为裤衣。诸君何为入我裤中"，反映出老庄思想对他的影响，反对外在名教的束缚。因此崇尚自然无为、反抗名教，就成为这个时代"名士"必做的功课。

历久弥新说名句

追溯中国历史上，对于赤裸十分禁忌，从孔子以来，认为只有未开化、禽兽之类才会衣不蔽体。甚至对孔子来说，北方民族

"被发左衽"，也都是蛮夷了，更何况是赤裸不穿衣服！在史书的记载当中，也只有残暴不仁、荒淫无道的君主才会"酒肉池林"。据司马迁《史记·殷本纪》载殷商暴主纣王，奢腐淫乱，营建后宫，"大聚乐戏于沙丘，以酒为池，悬肉为林，使男女裸，相逐其间，为长夜之饮。"商纣王是中国史上罄竹难书的大暴君，最为儒家诟病的就是"使男女裸，相逐其间"。这是多么淫乱的情况！因此儒家致力于修订礼法，从教化、规范等各方面来安排社会秩序的运作。

魏晋时期流行的裸裎风气，不仅是刘伶喜欢不着衣饰、赤裸身体，《晋书·列传》就记载："正始以来，世尚老庄。逮晋之初，竞以裸裎为高。"时代风气有了突破性的转变，时人崇尚老庄思想，强调"自然"，不仅要返璞归真，也要特立独行，因此人是"赤裸裸地来"，当然也要赤裸裸地生活。尤其"竹林七贤"那种风流畅快、无拘无束的自在，成为流行风潮。西晋惠帝时京城的贵族子弟们也争相效法，不论是在家里或公开场合"散发裸身"喝酒，甚至公开调戏场内的婢妾。《晋书》作者王隐相当不屑，认为他们"故去巾帻，脱衣服，露丑恶，同禽兽。"唐代以后，儒家的礼法又逐渐回笼。到宋代，对于礼教要求更多，直到明清皆是如此，直到民国五四运动时，才又倡导个体解放运动，但此时的主张与魏晋"自然"之道已大不相同。

枫柳虽合抱，亦何所施

名句的诞生

孙绰[1] 赋遂初[2]，筑室畎川，自言见止足之分[3]。斋前种一株松，恒自手壅治[4] 之。高世远[5] 时亦邻居，语孙曰："松树子[6] 非不楚楚可怜[7]，但永无栋梁用耳！"孙曰："枫柳虽合抱[8]，亦何所施？"

——言语第二

完全读懂名句

1. 孙绰：孙绰字兴公，太原中都人。博学善诗文，累官至廷尉卿，领著作郎。2. 赋遂初：作《遂初赋》。3. 止足之分：知足知止而无所欲求的境界。4. 壅治：培育照顾。5. 高世远：高柔，字世远，乐安人。6. 松树子：指幼小的松树。7. 楚楚可怜：形容姿态纤弱娇媚，惹人怜爱。8. 合抱：两手合围。多形容树干的粗大。

孙绰作《遂初赋》，指述隐居之乐。他将房子建筑在畎川的地方，自己认为已经领悟知足知止而无所欲求的境界。他在屋前种植了一棵松树，一直以来都亲手细心地培育照顾。当时高世远是孙绰的邻居，他跟孙绰说："小松树纤弱柔美的模样，看起来非常惹人怜爱，但是却永远无法成为有用的栋梁！"孙绰说："枫树、柳树虽然树干粗大，又有什么用处呢？"

名句的故事

孙绰是东晋著名的辞赋家与玄言诗人，少年时就以文才闻名。隐居会稽，游放于山水之间十多年。桓温北伐后想要迁都洛阳阴谋篡位，当时众人无人敢有异议，唯孙绰上书劝阻说：北土萧条，迁都乃是"舍安乐之国，适习乱之乡；出必安之地，就累卵之危"，桓温读了孙绰的上疏，终于打消迁都之议。

孙绰作《遂初赋》，就是要表达他归隐的志向。遂初，指辞官归隐、得以遂其初志的意思。全文只有短短数一字："余少慕老庄之道，仰其风流久矣。却感于陵贤妻之言，怅然悟之。乃经始东山，建五亩之宅，带长阜，倚茂林，孰与坐华幕击钟鼓者同年而语其乐哉！"简短的描述他在畎川筑室的原委及山林乐趣，发挥老庄知止知足的思想。

当邻居对孙绰说："小松树看起来非常惹人怜爱，但是永远无法成为有用的栋梁！"孙绰回答道："枫树、柳树虽然树干粗大，又有什么用处呢？"如此机智的反问，是高妙的语言技巧，这样的反思显然深受老、庄思想的影响。

历久弥新说名句

庄子与惠施也曾就大树的"有用无用"展开争辩。《庄子·逍遥游》记载：惠施对庄子说："我有一棵大树，人称为樗。它的树干臃肿不应绳墨，树枝卷曲也不合规矩，生长在路旁，匠人都不屑看它一眼，一点用处也没有。"庄子说："为什么不把它种植在虚无寂寥的乡土，广大辽阔的原野，任意悠闲地徘徊在它的旁边，逍遥自在地躺卧在它的下面。这树永远不会遭受人们的斧头砍伐，也没有外物会去伤害它，没有用处，又有什么困苦祸患呢？"让人重新思索，"事"为什么一定要有所为？"物"为什么一定要有所用？未尝不是表达出无所欲求的境界！

礼岂为我辈设也

名句的诞生

阮籍嫂尝还家[1]，籍相见与别。或讥之，籍曰："礼岂为我辈设也?"

——任诞第二十三

完全读懂名句

1. 还家：回家省亲，即归乡探望父母或其他尊亲。

阮籍的嫂子曾经返家省亲，阮籍和她道别。有人因而讥讽阮籍，阮籍回答说："礼仪岂是为我这种人设立的呢?"

名句的故事

阮籍为魏晋"竹林七贤"之一，其行为以放诞不拘而闻名。

《礼记·曲礼》规定有："嫂叔不通问。"明文要求嫂嫂不得与丈夫的弟弟讲话，以防止嫂叔同住在一屋檐下日久生情。但这些自古制定下来的礼俗，对向来作风特异独行的阮籍，根本发挥不了作用，当他见到嫂嫂准备返回娘家省亲，立即发乎自然之情地与嫂嫂道别，其举止马上引来旁人非议，讥笑他的行为不合乎"礼"。阮籍倒是一副无所谓地语出："礼岂为我辈设也?"他根本不认同那些不合时宜的礼制，当然也不觉得自己犯有什么错。后世即以"礼岂为我辈设也"之语，比喻那些不为礼教、流俗所拘泥的人。

魏晋时期，十分重视古来制定的礼法，如《礼记·丧大记》："期终丧，不食肉，不饮酒。"订定守丧期间不可食肉饮酒，但是阮籍在遭逢母丧时，不但照常参与宴会，还大快朵颐地喝酒吃肉，旁人斥责他违背孝道，他也不以为意；可是当他的母亲准备下丧，阮籍与母亲最后诀别一刻，他却发出一声哭号，当场口吐鲜血，倒地不起，表现失去母亲的悲恸至情。可见阮籍在乎的是人发于内心的自然情绪反应，而非执著在礼教的形式规范。

历久弥新说名句

《世说新语·任诞》另有一则故事描述阮籍丧母，任职中书令的裴楷，前往阮籍家吊唁，以当时的礼仪，有人前往丧家吊唁，主人必须双腿向后跪在地上哭泣，然后吊唁的人再行致哀。

可是阮籍见到裴楷到来，他正在醉酒，披头散发地坐在床上，两腿伸直坐着，也没流下一滴眼泪，裴楷随即自己哭了起来，吊唁完后离开；有人因而问裴楷，认为阮籍身为主人都不哭了，裴楷又何必循礼而哭？裴楷的回答是："阮方外之人，故不崇礼制，我辈俗中人，故以仪轨自居。"裴楷深知阮籍乃置身世俗之外的人，向来不受礼法拘束，但自己却是活在世俗之中，受到世俗规范的牵制。裴楷明白两人对"礼"的认知有差距，所以也尊重阮籍的无"礼"举止。

在《庄子·大宗师》中，生在战国的庄子，借用了春秋儒家孔子及其弟子子贡之名，杜撰出一段虚拟情节，以彰显世俗的"礼"不过是人为衍生的一种虚伪产物。文中子桑户、孟子反与子琴张（三人皆为庄子笔下的虚构人物）为好友，存有"莫逆于心"的心契情谊。后来，子桑户去世，孔子派了弟子子贡前往丧家致哀。子贡见到孟子反与子琴张，竟在子桑户的尸体旁引吭高歌，他相当不解地向前问这两人："这是合乎礼的行为吗？"听了子贡的问话，两人相视而笑地对他说："是恶知礼意。"意在嘲弄子贡哪里懂得什么是"礼"呢！

会心处不必在远

名句的诞生

简文入华林园[1]，顾谓左右曰："会心处不必在远，翳然[2]林水，便自有濠濮[3]间想[4]也，觉鸟兽禽鱼自来亲人。"

——言语第二

完全读懂名句

1. 华林园：宫苑名。位在今江苏南京。2. 翳然：隐蔽的样子。3. 濠濮：濠，指濠水，位在今安徽境内。濮，指濮水，本为黄河分支，后来逐渐枯涸，位在今河南境内。相传庄子曾游于濠水、濮水。4. 间想：间，同"闲"字。意指闲暇自得的情趣。

晋简文帝走入"华林园"，回头对左右侍从说："使人心领意会的事物，不一定要到远方才有，只要山林水清，环境隐蔽幽静，自然有庄子游于濠、濮两水时那份闲暇自得的情趣，那些鸟兽禽鱼，也会主动来亲近人们。"

名句的故事

晋简文帝是晋朝南渡后东晋第一任皇帝晋元帝的小儿子，当初他的父亲将皇位传给大哥晋明帝，晋明帝再传给自己的儿子，其后又传了好几个短命皇帝，总之，帝位似乎怎么也轮不到年逾五十的晋简文帝身上。当时东晋政权几乎掌控在桓温手里，桓温为了巩固自己的势力，改立晋简文帝，他就如此"意外"地登上皇位。不过，晋简文帝只是桓温的一个傀儡，所有政事皆须听从桓温的指示。

于是，晋简文帝只能将生活寄情山水，终日谈玄说理，故《晋书·简文帝纪》写他"清虚寡欲，尤善玄言"。然而，真实生活里的晋简文帝，却无时无刻不为自己怀忧，内心抑郁不已。不过，这样的惶恐日子也没有过太久，晋简文帝在即位隔年便去世，只当了八个月的皇帝。

历久弥新说名句

"会心处不必在远"一语，其原始典故则是援引《庄子·秋水》有关濠水、濮水的两则故事。

庄子站在濠水桥上，看着桥下的鱼，对其好友惠子说："鱼从容地游来游去，真是快乐。"惠子反问庄子："你又不是鱼，怎知道鱼的快乐?"庄子回道:"既然你不是我,怎么知道我不知道鱼快乐?"惠子立刻回说:"对啊!我不是你,当然不知你的情况;但是你也不是鱼,所以你不知道鱼快乐。"最后,庄子对惠子说:"请回到我们一开始所谈的。当你问我'怎知道鱼的快乐'这句话时,你已经知道我知道鱼快乐才问我,而我就是站在这个'濠上'知道的啊!"

另一则故事是说,庄子正在濮水边钓鱼,楚王派了两名使者前来说服庄子入朝参与国事。听完对方来意,庄子问他们:"我听说楚国有一只神龟,已经死了三千年了,楚王还特地用竹箱装着,以手巾盖着,你们认为这只龟是宁可死了,留下骨头被人尊贵地放在庙堂之上,还是宁可活着,拖着尾巴在泥地里爬呢?"两名楚使回答庄子:"宁可活着,拖着尾巴在泥地里爬。"庄子悠然钓着他的鱼说:"那么请你们回去吧!我就是想'曳尾于涂中',继续拖着尾巴在泥地里爬。"后来比喻人宁愿安于贫困,但活得自在。

闻所闻而来，
见所见而去

——妙语如珠

不问马，何由知其数

名句的诞生

　　王子猷作桓车骑[1]骑兵参军[2]。桓问曰：“卿何署？”答曰：“不知何署，时见牵马来，似是马曹[3]。”桓又问：“官[4]有几马？”答曰：“‘不问马’，何由知其数？”又问：“马比[5]死多少？”答曰：“‘未知生，焉知死。’”

——简傲第二十四

完全读懂名句

　　1. 车骑：古代将军的名号。2. 参军：掌参谋军务。3. 马曹：管理马匹的官署。4. 官：官署。5. 比：近来。

　　王徽之在桓冲将军手下担任骑兵参谋。桓冲问他：“您在哪个官署工作呢？”王徽之回答：“不知道是哪个官署，时常见人牵着马来，可能是管马的地方吧！”桓冲又问：“官署那里有几匹马呢?"王徽之回答:"'不过问马',哪里知道有几匹马呢?"桓冲继续问:"马近来死了多少?"王徽之回答:"'不知道活的有多少,哪里知道死的呢?'"

名句的故事

王徽之,字子猷,他是东晋大书法家王羲之的第五个儿子,其祖父的兄长是东晋开国功臣王导与王敦。

王徽之被安排进入官署,担任骑兵参军一职。当上司车骑将军桓冲问他隶属哪个单位,王徽之只知工作场所时见马走来走去,猜测应该是管马的地方;对方再问他官署内有几匹马,王徽之竟引用《论语》孔子之语答出"不问马"。桓冲还是不死心,于是继续追问王近来死了几匹马。此时,王徽之已被问得很不耐烦,照样搬出《论语》中孔子的话:"未知生,焉知死",桓冲听到王徽之一再拿圣人之言来"瞎掰",肯定为之气结,只是碍于王徽之出身门阀世族,懒得再跟这个部属计较了!显见王徽之漫不经心的工作态度,也见识到他说话的强词夺理,应对上司更是桀骜不驯,难怪大家对他都敬而远之。

历久弥新说名句

王徽之所言"不问马"与"未知生,焉知死"两语,皆出自《论语》孔子之言。《论语·乡党》:"厩焚,子退朝,曰:'伤人乎？'不问马。"孔子退朝返家后，发现家中马厩失火，孔子只急着问是否伤到人，而没有问马的伤亡。意在说明孔子"贵人贱畜"的人本精神，只担心这场火灾是否有人受伤，完全不在乎他的马厩里有多少物的损失。

又《论语·先进》："曰：'敢问死？'曰：'未知生，焉知死？'"子路向孔子请教有关死亡的事，孔子回答子路，如果人连活着的事都弄不清楚，哪还能知道死后的事？意在阐明"重生轻死"的入世观念，他希望子路先关心眼前事物，不要浪费时间空想死亡的事，忽略了人活着的学习。

王徽之或许是天生性情使然，也或许他已无心在"骑兵参军"一职。既然援引了孔子的话，却故意扭曲孔子本意，用来和长官耍嘴皮子，这样的表现并不是很得体，最终还是被《世说新语》的作者列入"简傲"一族。

侯王得一以为天下贞

名句的诞生

　　侍中[1]裴楷进曰："臣闻天得一以清，地得一以宁[2]，侯王得一以为天下贞[3]。"帝说[4]，群臣叹服。

——言语第二

完全读懂名句

　　1. 侍中：职官名，侍于君王左右，与闻朝政，为皇帝亲信重臣。2. 宁：安宁之意。3. 贞：守正道的、效忠的。4. 说：通"悦"，高兴之意。

　　侍中裴楷上前说："臣听说天得'一'而清明，地得'一'而安宁，侯王得'一'就能成为天下的首领。"晋武帝听了之后非常高兴，众朝臣对裴楷的机智也相当佩服。

名句的故事

话说晋武帝登上王位时，很想知道自己能传位几世，因此便在朝中卜卦，结果居然是个"一"字。晋武帝的脸色当场难看极了，难道晋朝如此短命？在场的朝中大臣不知如何是好，然而裴楷在这时候走了出来，向晋武帝解释卜得"一"的优势，晋武帝听完后不但释怀，还高兴起来。众臣不禁佩服，放下心中的一颗大石。

裴楷的机智告诉我们，没有任何一件事物的诠释是固定而不能改变的。裴楷所引用的诠释，来自老子的《道德经·第三十九章》："昔之得一者，天得一以清，地得一以宁，神得一以灵，谷得一以盈，万物得一以生，侯王得一以为天下贞。"晋武帝霎时才知道得"一"的可贵。

然而，老子口中的"一"，它是一种"中庸之道"，万事万物必须达到中庸的境界。这当然与皇帝占卜国祚得"一"的意义是完全不同的，这不过是裴楷安慰晋武帝的手段吧！只是晋朝的司马家族，从晋武帝到晋惠帝，也不过传承一代，"八王之乱"便让晋朝的国本几乎倾覆，"五胡乱华"也让晋朝丧失北方江山，最后屈于江左立国。

历久弥新说名句

唐朝有个"顺天易得，得壹难求"的故事。天宝十四年间，受唐玄宗宠信的安禄山、史思明率先起来叛变。史思明在占领东都洛阳之后，便自称"大燕皇帝"，并铸造"得一元宝"。但是几个月之后，"得一元宝"就被废除，原因就是与晋武帝司马炎占卜的故事有关。《唐书·食货志》记载："既而恶'得一'非长祚之兆，改其文曰'顺天元宝'。"史思明这些叛党害怕跟晋武帝有同样的下场，很快地改成"顺天"。然而"安史之乱"毕竟是"逆天"而行，最后还是被剿平了。这些当初毁坏佛像所铸成的"得一元宝"，又被熔化后铸成佛像，因此"得一元宝"在世上流传的极少，所以才有"顺天易得，得壹难求"的说法。

大约在唐朝以后、五代之间，有部苏廙作的《十六汤品》一书。其中第一品讲到"得一汤"："火绩已储，水性乃尽。"意思是说煮水的火候刚好到最恰当的时候，而水性也被消除，这就好像"如斗中米，如称上鱼，高低适平，无过不及为度"，要恰到好处。作者又说："天得一以清，地得一以宁，汤得一可建汤勋。"突显"一"所具备的"中庸"特性，汤也必须要"得一"，此时的力度不温不火，恰可表现汤的本质。

战战惶惶，汗出如浆

名句的诞生

钟毓、钟会少有令誉[1]。年十三，魏文帝闻之，语其父钟繇曰："可令二子来。"于是敕见[2]。毓面有汗，帝曰："卿面何以汗？"毓对曰："战战惶惶[3]，汗出如浆。"复问会："卿何以不汗？"对曰："战战栗栗[4]，汗不敢出。"

——言语第二

完全读懂名句

1. 令誉：美好的声誉。2. 敕见：受天子之命召见。3. 战战惶惶：形容戒慎畏惧的样子。战惶，恐惧不安貌。4. 战战栗栗：形容戒惧谨慎的样子。战栗，因恐惧、寒冷或激动而发出颤抖。

钟毓与钟会兄弟两人，从小就有美好的声誉。在钟毓13岁时，魏文帝听说了他们的名声，便对其父亲钟繇说道："可以叫你的两个孩子来见我。"于是下令召见两人。当进去见到魏文帝时，钟毓脸上冒有汗水，文帝问道："你脸上为什么一直出汗？"钟毓回答说："由于戒慎紧张，所以汗水如水浆一样不停流出。"文帝又问钟会："那你为什么不出汗？"钟会回答说："由于戒慎颤抖，所以汗水一点也流不出来。"

名句的故事

钟毓，字稚叔，据《三国志·魏书·钟毓传》说其"年十四为散骑侍郎，机捷谈笑，有父风"，试想一名 14 岁的青少年已被封为侍郎官，其资质不可不谓聪敏慧黠。史书言钟毓"有父风"，意指钟毓的言行举止，承袭父亲钟繇的行事作风。

钟会，字士季，是钟毓的弟弟。《三国志·魏书·钟会传》说其"少敏惠夙成"，钟繇曾带五岁的钟会出门，有人一眼即看出钟会"非常人也"，认为这个小孩将来必是一位不平凡的人物。果然，钟会日后受到司马家族重用，从早期秘书郎一职，后来还被封为镇西将军。魏元帝景元四年（公元 263 年）曹魏灭蜀汉一役，魏军的主帅正是钟会，不过，钟会却无福消受他所立下的功勋，隔年他因谋反罪名遭乱箭射杀，还被众将斩首示众。终不知掌握退隐的最佳时机，落得身首异地，结束年仅40 余的生命。

历久弥新说名句

钟家兄弟所言"战战惶惶，汗出如浆"与"战战栗栗，汗不敢出"之语，源出《诗经·小雅·小旻》最末一章："战战兢兢，如临深渊，如履薄冰。"意在叮咛上位者必须随时保持谨慎戒惧，如同站在深渊边缘或踩于薄冰之上，也可进一步引申为，人若不细察自身所处的险境，后果终将不堪设想。

杜甫在唐代宗大历元年（公元766年）作一五言古诗《贻华阳柳少府》，其中四句为："南方六七月，出入异中原。老少多喝（音贺）死，汗逾水浆翻。"当年杜甫旅居夔州（今四川奉节），他特意登门拜访从华阳（今四川成都）到夔州作客的柳少府，并作此诗相赠。诗中描写两人见面正值南方大暑，不分男女老少，许多人皆因中暑而死，杜甫以"汗逾水浆翻"形容夔州已热到让人汗如雨下，可说与三国魏人钟毓"汗出如浆"如出一辙。只不过，杜甫是因为天气暑热才导致满身大汗，而前人钟毓则是惶恐魏帝天威才吓出一身冷汗来！

我晒书

名句的诞生

郝隆[1]七月七日[2]出日中仰卧。人问其故，答曰："我晒书。"

——排调第二十五

完全读懂名句

1. 郝隆：晋朝名士，官至征西参军。2. 七月七日：崔实《四民月令》提到说："七月七日曝经书及衣裳不蠹。"

在七月七日夏天最炎热的这一天，郝隆在大太阳底下躺着。有人问他在干什么，他回答说："我在晒书。"

名句的故事

在汉朝，每到了七月七日夏天酷热日照最强的这一天，家家户户便会将家里的衣物及书籍，搬到屋外的院子来曝晒，用来防止受潮及蛀虫的啃咬。这个风俗，到了魏晋时代，富贵豪门竞相拿出家中的绫罗绸缎，互相比较彼此的奢侈浮华，成为豪门制造夸耀财富的机会。

当时有位名士叫阮咸，他是当时文学家阮籍的侄儿，他看不惯这样的行为，便将家里的一块破衣裙也拿出来悬挂。有人问他为何如此。他说："我只不过是附和世人的风俗而已。"

郝隆在自家的院子里，顶着大太阳，袒开肚子而躺着。有人看他在大太阳底下躺着，便好奇地问他。他说："我只不过是晒一晒肚子里的经书。"郝隆此举如同"老王卖瓜"，自我夸耀自己满腹学识，但是一方面也反讽当时人，只有藏书却不知读书。

历久弥新说名句

此篇当中郝隆牺牲色相，小露一下他的肚皮。其实这个"肚子"也关系着人们的学问。我们说一个人学识很丰富，便说是"满腹经纶"，如果书读得不够多，便说他"腹笥甚窘"，笥是古代藏书竹器，整句话的意思是指人肚子里面所装得书籍实在少得可怜。

近代的散文大家梁实秋先生作了《晒书记》，叙述自家小时候晒书时全家总动员的艰辛过程。他的父亲一见到藏书遭到蛀虫的啃蚀，感慨地说："有书不读，叫蠹鱼去吃也罢。"并刻了一颗小印，曰"饱蠹楼"，藏书所以饱蠹而已。他听了心里很难过，他说："家有藏书而用以饱蠹，子女不肖，贻先人羞。"

所以，即使藏书千万，要是有书却不读，只是白白当做蠹虫的粮仓罢了。明、清时代的江南地区许多民间的藏书家，像天一阁、海源阁等藏书家，盖了防潮、防火、防盗固若金汤的楼房，来珍藏得之不易的孤本和善本书，且为防止子孙的盗卖，更设下种种继承的限制，把书当做金银财宝般的藏在高阁深窖，即使是自己子孙也不轻易一睹自家所珍藏的书籍。但是，最后这些藏书世家的书库，有些毁于战火，有些亡于盗匪，还能保持完全的也只有一两家。

山不高则不灵，渊不深则不清

名句的诞生

康僧渊目深而鼻高，王丞相每调之。僧渊曰："鼻者，面之山；目者，面之渊[1]。山不高则不灵，渊不深则不清。"

——排调第二十五

完全读懂名句

1. 渊：深潭。

康渊僧的双目深陷、鼻梁高挺，王导丞相时常嘲弄他。僧渊说："鼻子，是脸上的山；眼睛，是脸上的深渊。山不高就不神灵，渊不深就不清明。"

名句的故事

康僧渊，西域人，后东渡江南，为东晋一著名高僧。据南朝梁人慧皎《高僧传》记载，康僧渊具有"清约自处"的品德，又深谙"辩俗书性情之义"的佛学知识。原本他是个默默无闻、经常餐风露宿的僧侣，因主动拜访了颇负盛名的大臣殷浩，正巧殷浩家中当时宾客云集，席间两人畅谈义理，康僧渊的言谈举止，深得殷浩赏识，此后遂一夕成名，成为从学者众的高僧，其后他在豫章山（今浙江龙泉）立寺讲经，晚年卒于寺中。

由于康僧渊的血统来自西域胡族，拥有深陷双目与挺直鼻梁，王导身为堂堂承相，却喜欢拿他和华夏民族不同的外貌来取笑。康僧渊果然是有修养的人，即使嘲笑他的是一名权高位重的大臣，他仍然不疾不徐地应对，把自己高耸的鼻子喻为人脸上的山，将自己深陷的双眼比为人脸上的水渊，巧妙地说出"山不高则不灵，渊不深则不清"。中国人自古向往"山高水清"之人间仙境，康僧渊刻意借此为喻，一来不致得罪当朝丞相王导，二来又维护了自己民族的尊严，实不愧为一代高僧。

历久弥新说名句

"山"、"水"是历来文人书写情景不可或缺的两大标的所在。《吕氏春秋·本味》记载春秋楚人伯牙，擅长弹琴。伯牙鼓琴志在太山，钟子期一听即言："善哉乎鼓琴，巍巍乎若太山。"一下子伯牙鼓琴志在流水，钟子期听到了又说："善哉乎鼓琴，汤汤乎若流水。"伯牙认为世间唯有钟子期一人听得懂他的弦外之音，从此两人结为知音好友。

后来钟子期死，伯牙"破琴绝弦"，将他的古琴在钟子期坟前摔碎，发誓再也不弹琴，以凭吊人生知音的难遇。盛传伯牙在钟子期面前弹奏的曲目，即为《高山流水》。

唐人刘禹锡作《陋室铭》一文，开头写道："山不在高，有仙则名。水不在深，有龙则灵。斯是陋室，惟吾德馨。"其意是说，山不在乎它的高度，只要有仙人住在山中，就会带来名气；水不在乎它的深度，只要有潜龙在水里，就会显出灵气。这是一间简陋的住所，只有我的德望，才能使这个简陋的屋子馨香远播。作者借"山水"喻人的住所，以"仙龙"喻人的品德，突显居住在这个简陋房屋的人，即使无"高山"和"水渊"的加持，也会展现其美好品德，重点在山中是否有"仙"，水里是否藏"龙"而已。刘禹锡此说一出，算是对自古矢志坚信"山高水清"、"山峙渊渟"以及"山高水远"等情境者，提出另一种层面的思考。

官本是臭腐；财本是粪土

名句的诞生

殷[1]曰："官本是臭腐，所以将得而梦棺尸；财本是粪土[2]，所以将得而梦秽污。"时人以为名通[3]。

——文学第四

完全读懂名句

1. 殷：殷浩。2. 粪土：污秽的泥土。3. 名通：名言。

殷浩说："做官本来就是恶臭腐败，所以如果快要升官，就会梦到棺材尸体之类；而财富本来就是污秽的泥土，所以如果将要获得财富，就会梦到污秽的东西。"当时的人都把这句话当做名言。

名句的故事

　　殷浩是东晋时期人士，人们仰慕其"识度清远"，在清谈方面也颇负盛名。他曾担任过"中军"的官职，统领扬州、豫州、徐州、兖州、青州等五州的军事，所以被人称为"殷中军"。殷中军在年轻时，就显露出不凡的清高。因此有人问他："为什么一个人得到官位之前会梦到棺材，快要获得财富时就会梦到污秽的粪便呢？"殷中军很率性地回复："官本是臭腐"、"财本是粪土"。正迎合魏晋时期文人对功名利禄的鄙弃，"视富贵如浮云"就是当时名士的标准作风啊！

　　事实上，殷浩并没有真正当过大官，虽然当过"记室参军"、"建武将军"、"扬州刺史"，到后人熟知的"中军将军"，但是下场却是作战失败，遭撤职流放。《晋书·殷浩传》记载："浩虽被黜放，口无怨言，夷神委命，谈咏不辍，虽家人不见其有流放之戚。但终日书空，作'咄咄怪事'四字而已。"

　　原来，殷浩被罢官贬为庶人之后，受到太大的刺激，口中虽不出怨言，一如往常，家人也不觉得他有什么悲伤，但是却整天对着空气写着"咄咄怪事"四个字。"咄咄怪事"是令人感到惊奇、不可思议的事情，足见殷浩对于被贬官始终耿耿于怀。

历久弥新说名句

周宣是三国时期的解梦高手，在《三国志·周宣传》记载了一则故事。有一个人问周宣："我昨天梦见刍狗，这是什么预兆吗？"周宣回答："你会享用一顿美食。"结果，这个人真的受到邀宴。后来，这个人又跑来问周宣："昨天我又梦见刍狗，这次是什么意思？"周宣说："你可能会跌下车、摔断脚，最好小心一点。"没想到周宣的预测还是应验了。只是这个人又第三次请教周宣："我又梦见刍狗了，这到底是怎么回事？"周宣这次说："你家可能有火灾，要小心点。"后来果真如此。

后来这个人坦白地告诉周宣，这三次做梦都只是用来试试他的能耐，却没想到这么灵验。周宣告诉他："刍狗是用来祭拜神明的物品，所以梦见它，应该是有供品可以吃；祭祀完后，刍狗被人抛在地上、被车碾过，这就代表你可能会跌下车、摔断腿；刍狗最后可能被当成柴烧，所以表示你家可能会失火。"这就是周宣解梦的逻辑。

简单说来，周宣是根据这个人所说出话的"内容"，来预测这个人可能会发生的事情，因为我们说出话的内容，代表我们潜意识的反射，跟睡觉做梦其实是一样的道理。因此，仔细观察自己的一言一行，说不定能够更掌握自己的未来，也更能了解自己的内心世界喔！

郗生可谓入幕宾也

名句的诞生

桓宣武与郗超议芟夷[1]朝臣，条牒[2]既定，其夜同宿。明晨起，呼谢安、王坦之入，掷疏[3]示之。郗犹在帐内。谢都无言，王直掷还，云："多。"宣武取笔欲除，郗不觉窃从帐中与宣武言。谢含笑曰："郗生可谓入幕宾也。"

——雅量第六

完全读懂名句

1. 芟夷：比喻戡除乱贼。芟，音 shan，削除，同"删"字。
2. 条牒：分条陈述的奏章。牒，官方文书或证牛。3. 疏：古代臣下进呈君王的奏章。

桓温和郗超商议铲除朝中大臣，分条陈述的奏章已经拟定，当晚一同就寝。明早起床，唤谢安、王坦之进来，掷下奏章给他们看。郗超当时还在帐子里。谢安看了之后一句话也没说，王坦之直接丢掷回去，说："太多人了！"桓温拿起笔想删除一些人，郗超不知不觉悄悄在帐子里和桓温讲话。谢安含着笑说道："郗先生可算是入幕之宾了！"

名句的故事

桓温，谥宣武侯，故称其"桓宣武"，在东晋简文帝时期，担任大司马一职。郗超，字嘉宾，为桓温手下爱将，所以才能一夜留宿桓温帐幕，共谋朝政大事。

《晋书·郗超传》中指出郗超在年少之时，已展现出众才华，性格豪迈，声名远播，桓温虽身为长官，也真心结纳郗超为自己的心腹。

本则名句描写谢安与王坦之，被桓温召入房中看奏章时，帐幕不小心被风吹开，谢安见到郗超正与桓温交头接耳地窃窃私语，而郗超发现自己被谢安瞧见，那场面必定十分尴尬，但谢安却轻松地说道："郗生可谓入幕宾也。"这其实是一语双关，他话中的"幕"表面是指借以藏身的帘帐，意在赞许郗超是入得了桓温帘幕的"嘉宾"（正好是郗超的字），不愧为桓温的重要幕僚成员。

古人习惯用帘帐区隔屋内空间，帷幕属于个人起居私密处，所以能够进入帷幕的宾客，自然与主人关系匪浅。由于谢安的机智诙谐，才舒缓了郗超被人发现的不安气氛，此后人们遂以"入幕之宾"形容参与机密或充当幕僚的人，也可比喻两人关系亲近，即今心腹或死党。

历久弥新说名句

东晋谢安所言"入幕之宾"，意在郗超为桓温的政事"幕僚"。有关"幕僚"一词由来，源出汉代将帅出征时，将帅有权选任他的文职部属，设置府署，协助自己处理军政事务，又因军队行军在外，府署皆设在幄幕中，故称"幕府"，至于在将帅身旁的左右僚属，也就被称之"幕僚"或"幕职"。

原来"入幕之宾"本意为长官的亲信幕僚，但衍生到后来，这层主从关系也被去除，仅留下友朋、宾主之间亲近的意思。明代冯梦龙《醒世恒言·佛印师四调琴娘》中，苏轼故意找来一个美娇娘试探佛印的定性，但佛印并非好色之徒，没有因而破了色戒，最后佛印也赢得苏轼对他的另眼看待，最末一段写着："东坡自此将佛印愈加敬重，遂为入幕之宾。"将其引为"入幕之宾"，意在表明苏轼和佛印禅师的友好亲密。

闻所闻而来，见所见而去

名句的诞生

　　钟士季[1]精有才理[2]，先不识嵇康，钟要[3]于时贤之士，俱往寻康。康方大树下锻[4]，向子期[5]为佐鼓排[6]。康扬槌不辍，傍若无人，移时不交以言。钟起去，康曰："何所闻而来？何所见而去？"钟曰："闻所闻而来，见所见而去。"

——简傲第二十四

完全读懂名句

　　1. 钟士季：钟会，字士季，官至司徒。2. 才理：才思。3. 要：同"邀"字。4. 锻：把金属放在火里烧，再用锤子击打。5. 向子期：向秀，字子期，与嵇康友善，为竹林七贤之一。6. 鼓排：吹火的风箱。

　　钟会精明有才思，原先不认识嵇康，钟会邀请当时的贤能才俊之士，一起去找嵇康。嵇康正在大树下锻铁，向秀在一旁帮他转动吹火的风箱。嵇康挥动铁槌不停，一副旁若无人的样子，好久都没有交谈一句话。钟会起身要离去，嵇康问他："听到什么话而来？看到什么才回去？"钟会说："听到所听到的就来，看到所看到的就回去。"

名句的故事

嵇康有奇才，崇尚老庄，恬静寡欲，张隐《文士传》说他会锻铁，家门口环绕着许多大树，夏天颇为清凉，嵇康常在树下休憩活动或是自行锻铁。虽然家境贫困，但如果有人请他锻铁，也不收取酬劳。偶尔有亲朋故旧带着鸡酒邀约共饮，就在大树下清谈而已。

钟会是太傅钟繇的儿子，以其才能深为司马昭所信赖。听闻嵇康的大名，率领一群贤能才俊前来看他，嵇康竟然旁若无人地锻铁，钟会只得悻悻然而去。钟会回答："闻所闻而来，见所见而去。"这是搪塞之语，答了等于没答，机智地回敬嵇康不客气的问话，但二人从此交恶，钟会怀恨在心，常对文王进谗言说嵇康的坏话。

魏晋之际，政治险恶，嵇康却敢于顶撞司马氏的心腹钟会，表现了他性格刚直任性的一面，在《与山巨源绝交书》中嵇康即自言："不喜俗人"、"刚肠疾恶，轻肆直言，遇事便发"，这样的个性终为他招来杀身之祸。

历久弥新说名句

稽康身处乱世，本无意于仕途，认为"荣名秽人身，高位多灾患。未若捐外累，肆志养浩然。"主张"越名教而任自然"，要求抛开世俗礼教的束缚而纯任自然本性。

稽康的好友吕安被其兄诬以不孝的罪名，稽康出面为吕安辩护，钟会即劝司马昭乘机除掉吕安和稽康。钟会说他"上不臣天子，下不事王侯，轻时傲世，不为物用，无益于今，有败于俗"、"今不诛康，无以清洁王道"，将稽康收押下狱，当时太学生 3000 人联名上书，请求赦免稽康，愿以稽康为师，为司马昭所不许。临刑前，稽康神气不变，弹奏一曲《广陵散》后从容就死，年39 岁。

稽康曾与道士孙登游于深山，孙登对他说："用才在乎识物，所以全其年。今子才多识寡，难乎免于今之世矣！"孙登看出稽康不懂得"识时务者为俊杰"，势必难以见容于世俗。稽康在狱中写诗自责道："昔惭柳惠，今愧孙登！"但后悔已来不及了。

颠倒衣裳

名句的诞生

边文礼见袁奉高，失次序[1]。奉高曰："昔尧聘[2]许由，面无怍[3]色。先生何为颠倒衣裳？"文礼答曰："明府[4]初临，尧德未彰，是以贱民[5]颠倒衣裳[6]耳。"

——言语第二

完全读懂名句

1. 失次序：举止失措。2. 聘：以礼征召。3. 怍：音 zuò，惭愧。4. 明府：英明的府君。汉时称太守为府君，此指袁阆。5. 贱民：此为边让谦虚的自称。6. 颠倒衣裳：上衣下裳，颠倒穿着。形容匆忙失序的样子。

边让拜见袁阆，举止有些慌张失措。袁阆说："昔日尧帝礼聘许由，许由没有露出一点惭愧的脸色。先生为什么有'衣裳上下穿反'的失常举止呢?"边让回答说:"那是因为英明的您初来此地,有如尧舜一样的贤德尚未彰显,所以我才会出现'衣裳上下穿反'的失常举止啊!"

名句的故事

边让,字文礼,东汉末年人,曾任九江太守,《后汉书·文苑列传》说其"少辩博,能属文",可知年轻时的他已具备侃侃辩才,不但书读得多,文章也写得极好。晋人张隐《文士传》记载,边让曾受汉灵帝何皇后之兄大将军何进以礼召见,席间边让展现出"才俊辩逸"的好口才,与其"占对闲雅,声气如流"的优雅仪态,赢得在场每一位宾客的倾慕。可惜的是,到了汉献帝建安年间,边让因自恃其才,得罪当时已掌控大权的曹操,终为曹操所杀。

历久弥新说名句

文中"颠倒衣裳"典故,出自《诗经·齐风》,其首章写道:"东方未明,颠倒衣裳。颠之倒之,自公召之。"此诗原是讽刺国君分不清昼夜,君令无度,使人臣日夜疲于应付,弄得精神紧张,在慌忙之中,连衣裳都上下穿颠倒了!"颠倒衣裳"便用来形容人匆忙慌乱的样子。

西汉刘向在《说苑·奉使》中,记载一则战国魏文侯父子以

《齐风·东方未明》之"颠倒衣裳"传递心意的故事。魏文侯封太子击到中山国，三年不想和他往来；太子击的手下赵仓唐提出自愿出使魏国，代太子击问候父亲魏文侯；到了魏国，魏文侯问赵仓唐，太子击平日读些什么书？赵回答《诗经》，当场还吟诵《秦风·晨风》与《王风·黍离》，表示太子击甚为思念父亲。

原本魏文侯已准备立少子挚为接班人，听到赵仓唐的吟诗，遂有感而发，拿出装有一袭衣裳的衣策，请赵仓唐务必于鸡鸣时回到中山国，将衣策交给太子击；当太子击打开父亲赐他的衣策，发现里头衣裳上下置放颠倒，立即喊人备车要前往魏国拜见父亲。赵仓唐一脸纳闷，因为魏文侯仅交代"鸡鸣时至"，不曾提到欲见太子击一事；太子击兴奋地说魏文侯所以赐他衣裳，就是为了召见自己，因为《诗经》写有："东方未明，颠倒衣裳。颠之倒之，自公召之"，因此才要赵仓唐赶在"东方未明"回到中山国，又刻意在衣策内"颠倒衣裳"，这不正暗示着"自公召之"吗？

当天傍晚，太子击赶回魏国见到三年不见的父亲，魏文侯经过这件事后，决定复立太子击为储君，而他就是战国史上的一代霸主魏武侯。

惠子其书五车，何以无一言入玄

名句的诞生

司马太傅[1] 问谢车骑[2]："惠子[3] 其书五车，何以无一言入玄?"谢曰："故当是其妙处不传。"

——文学第四

完全读懂名句

1. 司马太傅：会稽王司马道子，晋孝武帝的弟弟。2. 谢车骑：即谢玄。3. 惠子：战国时代的名家惠施。

司马道子问谢玄说："惠施的书可以装满五辆车，为什么没有一句话是谈玄理的?"谢玄回答说："应该是他的微妙之处未能流传下来吧。"

094

名句的故事

　　魏晋玄学的思考方式等同于当时文人的生活态度，诸如老子、庄子、惠施等先秦人物的学说，都是他们探讨与模仿的对象。正史中并没有关于惠施这个人的记载，他的著作也早就已经散佚，在《庄子》、《荀子》、《韩非子》、《吕氏春秋》等书中还能看到他的言论。换句后说，"其书五车"并没有留下惠施最完整的思想记录。

　　根据《庄子·天下篇》记载："惠施多方，其书五车，其道舛驳，其言也不中。"惠施的道理很多，著书可以装满五辆车，但是他所讲的道理驳杂，内容也不符合天道。而"其道舛驳，其言也不中"应该就是司马太傅想要发问的主题，只是他向谢玄提问时，用了一个比较含蓄的说法。

　　其实并没有足够的资料来验证《庄子·天下篇》的说法，所以谢玄的回答只能中止双方的讨论，难有更深入的研究。刘孝标在批注这一段时，他批评惠施的言论"能胜人之口，不能服人之心"，因为惠施是战国时代有名的辩论家，根据对手的程度与辩论的需求，而有不同说法，所以仅能让别人无法与之辩论，却无法让人真正从心底服气。

历久弥新说名句

　　乐雷发，字声远，博览群书、长于诗赋，是南宋时期怀有投笔从戎之志的诗人。当蒙古兵大举进攻南宋西北方时，乐雷发作了《乌乌歌》，批判史弥远等当权派人士误国，因此导致他屡试不第，与功名始终无缘。《乌乌歌》开头便说："莫读书！莫读书！惠施五车今何如?"意即读再多的书又有何用，惠施当年有书可装满五车，现在还不是一本都没有留下来。乐雷发当然不是呼吁大家不要读书，而是强调不要死读书，读到历史时要能转换成实际的抱负，挺身出来挽救南宋的国运呀！

　　《镜花缘》第十六回中有一段："大贤世居大邦，见多识广，而且荣列胶庠，自然才贯二酉、学富五车了。"此"才贯二酉"、"学富五车"实有异曲同工之妙。《太平御览》中记述，所谓"二酉"是指现今湖南省沅陵县的大、小酉山，相传秦朝焚书坑儒时，咸阳城有两个老书生冒着生命危险，将几千卷的书藏在"二酉山"的"二酉洞"。所以"才贯二酉"是比喻一个人的才识相当丰富，而称赞一个人"学通二酉"，意即书读很多、拥有很多知识。

若人死有鬼，衣服复有鬼邪

名句的诞生

阮宣子[1]论鬼神有无者。或以人死有鬼，宣子独以为无，曰："今见鬼者云，着生时衣服，若人死有鬼，衣服复[2]有鬼邪？"

——方正第五

完全读懂名句

1. 阮宣子：阮修，字宣子，晋陈留人，为清谈名士。2. 复：又。

阮修与人争论到底有没有鬼神的问题，别人都认为人死后有鬼，只有阮修认为没有，他说："现在自认为见过鬼的人，都说鬼穿着生前的衣裳，如果说人死了有鬼，难道衣服也会有鬼吗？"

名句的故事

传统中国人对死亡的看法有两大取向，第一个是认为"人死如灯灭"，人死后一切都不存在了。第二个是认为人死后灵魂可脱离肉体独存，英雄豪杰、贤良之士死后，可以成"神"成"仙"，有能力保佑世人，而一般凡人的灵魂，也可以在另一个空间以"魂"或"鬼"的方式存在。

魏晋时期，社会上盛行"清谈"的风气，士族名流相遇，不谈论国计民生，而专谈老子、庄子、周易，崇尚虚无的言论，以表现自己的高雅脱俗，所以也被称为"清谈"。"清谈"是众人之间的论驳，要"见人之所未见，言人之所未言"，能提出新异的观点才能吸引人，当别人都认为人死后有鬼，只有阮修独排众议认为没有，有自己独到的意见。

阮修是东晋的名士，《晋书·阮修传》说他不喜欢见俗人，也不与权贵来往，常常将百钱挂在拐杖头上，步行出入酒店，独自开怀畅饮，可见他个性的放纵不拘。以后的人将酒钱称为"杖头钱"，就是由此而来。

历久弥新说名句

人死后会怎样？到底有没有鬼神存在？对于这个所有人都关切的话题，至圣先师孔子也只是说："未知生，焉知死"、

"敬鬼神而远之"，其他避而不谈。但从六朝的鬼怪小说《搜神记》、《幽明录》到唐代的《酉阳杂俎》以至《聊斋志异》，一连串的小说和戏剧，都在表现出人们对死后世界的敬畏与好奇。

魏晋以后佛教盛行，齐梁时的范缜提出《神灭论》的主张，反对佛教的轮回之说，他说："神即形也，形即神也，是以形存则神存，形谢则神灭也。"他认为身体与精神是互为依存而不能分割的。人死之后精神（灵魂）也就随之消灭了。范缜并举例说：形本就像刀刃，精神就像它的锋利，没有听说刀刃没有了而锋利还存在的，岂有形体亡了而精神还在的道理？

近代学者胡适常勉励青年学子做学问要有怀疑的精神，他说自己在十几岁的时候，便已有好怀疑的倾向，尤其关于宗教方面。胡适小时候，由于家中的女眷都是深信神佛的，接触到《目连救母》、《玉历钞传》等佛教经书的影响，脑子里装满了地狱的残酷景象，心里十分害怕。有一天，他念到司马温公的家训，其中有论地狱的话，说："形既朽灭，神亦飘散，虽有锉烧舂磨，亦无所施。"他再三念着这句话，突然觉得一切地狱惨状都再也威胁不到他，不用再害怕了；及至读到范缜的《神灭论》，更把脑子里的无数鬼神都赶跑了，使他走上了无鬼无神的道路。

时无竖刁，故不贻陶公话言

名句的诞生

陶公[1] 疾笃[2]，都无献替[3] 之言，朝士[4] 以为恨。仁祖[5] 闻之，曰："时无竖刁[6]，故不贻[7] 陶公话言。"时贤以为德音。

——言语第二

完全读懂名句

1. 陶公：陶侃。2. 疾笃：病得很严重。3. 献替：对未来兴革治理的建议。4. 朝士：朝廷大臣。5. 仁祖：当时著名的天才儿童，谢尚，字仁祖。6. 竖刁：春秋时人，深受皇帝宠信的宦官。7. 贻：音yí，留。

陶侃病危之时，对于朝廷兴革利弊都没有留下只字片语，朝中大臣深以为憾。谢仁祖听到后，说道："这是因为我们当今并没有竖刁这种小人当道，因此陶公不用留下任何担心的遗言。"

当时人都认为这是有德者所说的话。

名句的故事

　　陶侃是晋朝大臣，流传至今最能勾起我们的印象，是他为了锻炼身体与心志每天早上搬砖的故事。当时陶侃原本担任中央的将领，却因为被诬陷而裱放到广州。虽然已经远离朝廷势力，一般人或许也就安于现状，无力再奋斗。但陶侃不然，他仍然坚守收复北方故土的理想。他为了不荒废武艺而锻炼体魄，于是每天都将房子内的砖头搬到屋外，隔天再从屋外搬进家中。果然当他再度调回朝廷时，就受到皇帝的重用，担任荆州刺史。

　　本则故事中，作者刘义庆记载陶侃撒手人寰之际，未曾留下任何有关于未来国家大事的遗嘱。因此朝廷臣子们深以为憾。然而若考究《晋书·陶侃传》可以发现，事实上陶侃临终前还曾上表给皇帝，表中言："臣年垂八十，位极人臣，启手启足，当复何恨！但以余寇未诛，山陵未复，所以愤慨兼怀，唯此而已！犹冀犬马之齿，尚可少延……伏愿遴选代人，使必得良才，足以奉宣王猷，遵成志业。则虽死之日，犹生之年。"意思是说："我已80岁垂垂老矣，荣任高官，虽死无憾。心中但念着余贼尚未平定，山河未能收复。多么希望能够在最后一刻善尽犬马之劳……因此希望能推荐接手的良材人选，希望他能在我死之后，辅助帝业。则我虽死，犹如在世。"这封上表可谓真情流露，反映一个尽忠职守的朝臣，即便面对死亡也毫无畏惧，心中唯念着国家山河的收复与国治民安的维系。

陶侃后代也出现一个历史著名人物，即陶渊明。陶侃是渊明的曾祖父，两人未曾见过面，但陶渊明一生最佩服的人就是陶侃。他曾多次在作品中回忆着祖先功业，其中又以曾祖陶侃的立功立德最令他敬佩，其云："桓桓长沙，伊勋伊德。天子畴我，专征南国。功遂辞归，临宠不忒。孰谓斯心，而近可得。"记载着陶侃身前为天子手下之大将，为天子开辟、收复疆壤，深受皇帝喜爱，受封长沙公。陶侃却谨守儒家修身之道，淡泊名利，功成身退，毫不恋栈权位。如此的品德修养，是渊明一生的座右铭，谨遵不忘。

历久弥新说名句

本篇名句中，谢仁祖用了一个典故，即"竖刁"。竖刁又作"竖刀"，刁与刀本来是同一个字的分化，因此竖刁又可作"竖刀"。竖刁是春秋时期第一霸者齐桓公晚年最宠信的宦官。竖刁也是当时政治上的毒瘤，虽然名臣管仲不断地用计扫除竖刁，却碍于齐桓公不支持而一直不能成功。当管仲病重将亡之际，齐桓公匆忙赶去见他最后一面，却只心念着江山的未来。齐桓公还委婉地问道："如果你不介意回答的话，竖刁能不能在你死后，取代你担任宰相呢？"管仲听了之后，只有淡淡回道："这种人身体有残缺，却阿谀谄媚君主，非常理可言，必不可用！"虽然管仲做了这个建议，他心里也清楚，等他死了之后，第一个被"扶正"的人，一定是竖刁。

果然如此，齐桓公还是没有警觉到这点，仍宠信重用竖刁。这项举动，进而带起了宦官干政的危机。等到齐桓公过世之后，他的几个儿子都跳出来争夺皇位，宫中的宦官们也各自选边站，互相争权夺利。最后甚至招惹战祸，各个皇子都互不相让，齐国的势力因此一落千丈，失去了霸王的地位。而齐桓公不听管仲的建言，尽管生前并无遭受太大的磨难，但他的"身后事"就很可怜，甚至成为史上著名的丑事。他的几个儿子由于互相争取皇位，在名不正言不顺之前，齐桓公的尸体就不能埋葬、入土为安。由于几个公子发动战争，根本没人处理桓公的身后事，尸体就放在宫中发臭腐烂。一直等到桓公的朋友宋襄公看不过去，才出兵平定齐国内乱，将齐桓公安葬好。但此后齐国势力大为衰退，在在应验了管仲识人之明！

齐国的这件丑闻，一代枭雄曹操也不禁为之慨然。他曾写一首四言诗《善哉行》，将这段史事摘录下来，说道："齐桓之霸，赖得仲父。后任竖刁，虫流出户。"齐桓公的霸业是仗赖着管仲之贤而成，后来却信用竖刁，落得死后尸体长虫，流出门口。可见孔子所说"亲君子，远小人"的道理，后代子孙须引以为鉴！

小时了了，大未必佳

名句的诞生

　　孔文举[1]年十岁，随父到洛。时李元礼[2]有盛名，为司隶校尉[3]。诣门者皆才清称[4]及中表亲戚[5]乃通。文举至门，谓吏曰："我是李府君亲。"既通，前坐。元礼问曰："君与仆有何亲？"对曰："昔先君仲尼与君先人伯阳[6]，有师资之尊，是仆与君奕世[7]为通好也。"元礼及宾客莫不奇之。太中大夫陈韪后至，人以其语语之，韪曰："小时了了[8]，大未必佳。"文举曰："想君小时，必当了了。"韪大踧踖[9]。

——言语第二

完全读懂名句

　　1. 孔文举：孔融，字文举，东汉末年人。2. 李元礼：李膺，字符礼，是东汉末年清流运动的领袖。3. 司隶校尉：掌管京师与属郡百官的督察权。4. 清称：具有清高名誉之人。5. 中表亲戚：

即表亲们，如姑姊妹的子女、母族手足的子女。5. 伯阳：指老子，名耳，字伯阳。7. 奕世：累世。8. 了了：聪明貌。9. 踧踖：音 cù jí，局促不安的样子。

孔融十岁时，随着父亲来到洛阳。当时李膺有很大的名望，担任司隶校尉。登门拜访他的都必须是才子、名流和内外亲戚，才准通行。孔融来到他家，对门房说："我是李府君的亲戚。"经通报后，他入门就座。元礼问道："您与我有何亲戚关系？"孔融回答："过去我的祖先孔子曾跟您的先祖老子问学，曾经有过师徒关系，如此我与您就是老世交了。"元礼与在场宾客无不赞赏孔融的聪明。后来太中大夫陈韪来了，人们就跟他说这件事。陈韪说道："小时候聪明伶俐，长大了未必出人头地。"孔融回答："那您小时候想必一定是非常聪明！"陈韪听了，非常地难为情。

名句的故事

孔融确为孔子第二十四世孙，家族都居住在古代鲁国（山东）所在地。他的成名故事有两则，一是"孔融让梨"、一是本则名句"小时了了，大未必佳"。两则事件都发生在他年纪甚小之时。孔融让梨发生在他四岁时，家人给他与哥哥两颗梨子，他选择小的，将大颗让给兄长，家人为之称奇不已。毕竟一个才四岁的小孩，能够懂得兄恭弟友、尊长谦让的美德，实属难得。因此宋代王应麟撰写《三字经》时特别收录此事，"融四岁，能让梨，弟与长，宜先知"，传颂于历代莘莘学子。

"小时了了，大未必佳"的故事，是孔融进入名流社交圈的第一击，借由他的才思捷敏，成功地打开知名度。其实在登门拜访时，李膺听了孔融巧妙地"拉关系"，对这个人印象已十分深刻，当场赐座，且询问孔融是否要用餐。孔融应好，李膺摇摇头说："我教你当客人的道理。当主人客气询问你是否要用餐，你应该谦让推辞，这是礼貌。"孔融听了之后，缓缓应道："不然，换我来告诉你当主人的礼仪，主人应该主动为客人布餐，而不是询问后再做。"李膺于是感到惭愧，叹道："可惜我已经老了，看不见你富贵腾达的模样了！"之后，两人还针对经史百家做了深入谈论，孔融皆对答如流。接下来才是自大的陈韪登场，被孔融反讽"想君小时，必当了了"。李膺听了孔融对陈韪的嘲讽，大笑不已，连连称赞孔融长大必为伟器。可怜的陈韪简直无颜见江东父老，一个大人却被小孩子反驳得张口结舌，难以言对。

历久弥新说名句

"小时了了，大未必佳"，几乎成为我们对于天才儿童的偏颇印象，还带了一些忌妒与讽刺。有趣的是，虽然多数人都知道这则故事主人翁是孔融，却常误以为这句话是孔融所说的。若通晓这段缘由，便知我们朗朗上口的"小时了了，大未必佳"，其实是陈韪所道。由于《世说新语》这段记载写得活灵活现，"小时了了，大未必佳"便成为后世文人常用的典故。

　　晋朝袁宏记载东汉献帝的本纪，写道：献帝"小时了了者，至大亦未能奇也"。献帝年纪小小就被董卓、曹操"挟天子以令诸侯"，即使他能多么聪慧，在这个群雄即起的年代，最终也只能牺牲在权利斗争当中，让位给曹魏政权。

　　现代作家刘墉在其作品《萤窗小语》中，深深同意陈韪所言"小时了了，大未必佳"这句话。刘墉认为现代社会中新闻媒体所报道的天才儿童，若持续追踪，究竟有几个能成就非凡？反而是一些持续默默努力的人，最后反而一鸣惊人。作者在书中写道："有超人的聪明者，不见得有超人的抱负。他们常仗恃自己的智力，放弃平实的奋斗……加上大人们的虚荣心作祟，在旁一味鼓吹，于是益发造成急功好利的毛病。发掘这种天才，吹捧这种天才，实在是害了他们哪！"所谓聪明反被聪明误即是如此，成名过早反而让小时了了者贪图享逸。因此，不论是小时了了，或是大时了了，都需要勤奋加上努力，才有可能成功！

我常自教儿

名句的诞生

谢公[1] 夫人教儿，问太傅[2]："那得初不见君教儿?"答曰："我常自教儿。"

——德行第一

完全读懂名句

1. 谢公：谢安。2. 太傅：古代官职，相当于宰相，此时谢安正担任太傅一职。

谢安妻子教导子女时，问丈夫说："怎么都没看到你在教小孩呢?"谢安回答："我平常的行为就是在教他们!"

名句的故事

这个故事发生于鼎鼎大名的谢安家里。谢安是东晋著名的宰相，最大功绩在于抵御北方外族前秦苻坚大军南下，让中国免于"被发左衽"。然而或许忙于政治，使谢安对子女的教育没有那么尽心尽力。他的妻子有一天正在教导子女的时候，看到谢安又闲闲地晃来晃去，就忍不住责问他："怎么从不见你教小孩呢？"妻子的询问或许带点抱怨，可是姜果然是老的辣，谢安直接回道："我每天做的事就是在教小孩！"一开口就让妻子无以言对，只能认命地摸摸鼻子继续教诲小朋友了！

在《妒妇记》中记载一则谢安夫妻的小故事。谢安的妻子刘夫人不准丈夫纳小妾，谢安虽不敢反抗，但心里常有怨言。谢安又特别喜欢声乐，富豪人家常常豢养着一批自家的乐伎，谢安羡慕不已。他的侄子、门生多少知道他的心意，便有意无意试图帮他跟刘夫人求情。在一次机缘，他们跟刘夫人提到古代《诗经·螽斯》篇曾言："螽斯羽，诜诜兮，宜尔子孙，振振兮！"意思是说，古人先贤就曾说，妇女如同螽斯一般，最大的功能就在于让夫家传承香火、开枝结叶，且越多越好，因此应该让丈夫多纳几个妾室。刘夫人一听就知道他们是在讽刺自己善妒，不屑地回道："那是因为《螽斯》是周公写的，若是周婆来写，那就不一样了。"

历久弥新说名句

本则名句"我常自教儿"，说的就是传统中国教育中最重视的"身教"。与谢安同时期的刘实也有类似的故事。刘实是晋朝的太尉，即担任有关司法的工作，一般来说执行此工作的人，要求节操刚直、守礼安分。然而他的两个儿子却不学好，老是招惹祸事回家，最后因此获罪下狱，父亲刘实也连坐降职。刘实的朋友问他说："你怎么不好好教导你的小孩呢？"刘实回道："吾之行事，是其耳目所闻见，而不仿效，岂严训所变邪？"刘实所言同于谢安，皆是日常生活中即以身作则，子女却不能体悟，实在可惜！

清末著名的湘军将领曾国藩，在当时非常受人崇仰尊敬。曾国藩虽忙于国事，却十分孝顺，不仅常写书信给父母请安，也常写给兄弟互相勉励，其中一篇写给弟弟的信中叙述："往往积劳之人，非即成名之人，成名之人，非即享福之人……吾兄弟但在积劳二字上着力，成名二字，则不必问及，享福二字，则更不必问矣。"当时他正在外地打仗，为了国家社稷安全，仍不忘与兄弟互相鼓励，也是以身作则的最佳范例。

臣犹吴牛，见月而喘

名句的诞生

满奋[1]畏风。在晋武帝坐，北窗作琉璃屏风，实密似疏，奋有难色。帝笑之，奋答曰："臣犹吴牛[2]，见月而喘。"

——言语第二

完全读懂名句

1. 满奋：字武秋，西晋人氏。2. 吴牛：水牛多生长在江淮间，故称吴牛。

满奋平时就怕风吹。有一次他在晋武帝的座席上，面北而坐，宫中北边的窗子是用琉璃做的屏风，这屏风做得很密实，但看起来却很疏松，好像风可以透过来一样，满奋便显得坐立不安。晋武帝看到这样不禁笑他。满奋便告诉晋武帝："臣就像吴牛一样，看到月亮以为是太阳，便不由自主喘起来了。"

名句的故事

满奋的这句名言的典故，是出自汉朝《风俗通义》中的记载，书上说："吴牛望见月则喘，使之苦于日，见月怖而喘焉。"这里的"吴牛"是指生长在长江、淮水之间一带的水牛。由于南方的夏天比较长，水牛怕热，看到太阳会觉得热到喘气；因此，看到晚上的月亮，水牛却误以为是太阳，不由自主地开始喘起气来。

以上就是成语"吴牛喘月"的故事，一方面可以用来形容天气很热，另一方面则是指看到类似曾受其害的事物，不明就里的就会感到害怕，也就失去了了解真相、判断真相的能力。换句话说，吴牛所经历过的事物太少了，才会把月亮当做是太阳。

就像是"蜀犬吠日"一样，四川的天气常常是充满云雾，狗儿难得看到太阳，当太阳出现时，还以为是什么怪物，紧张地大叫。这就是少见多怪啰！

话说回来，满奋这个人身材高大，没想到却十分怕冷，据说他遇到刮风的天气，几乎整个人快缩到衣服里面去；冬天一到，他更是镇日都坐在炉火旁。面对晋武帝的嘲讽，聪明的满奋不但善于用典，也巧妙地化解了自己的尴尬。

历久弥新说名句

　　说到"吴牛喘月"让人联想到"犀牛望月"。"犀牛望月"意即犀牛的鼻子上面有长角，眼睛一看出去，视野总会被角所影响，所以只要观看东西，都会看不完全，因此犀牛总是"外不见物，内不见情"，对事物总有误判。到现在，这两句成语常被相提并论。

　　有趣的是，"犀牛望月"被后人衍生为长久盼望之意，这就要说到另一个神话故事了。据说犀牛原来是天上的神将，一日受玉皇大帝的旨意，下凡向人间散播起居作息的规范："一日一餐三打扮。"要求人们应当注重礼仪多于吃喝。没想到犀牛被人间的花花绿绿扰乱了，竟将旨意说成"一日三餐一打扮"。这下可好了，玉皇大帝生气之下，便罚犀牛到人间受苦。来到人间的犀牛，每每思念天上无忧无虑的生活时，晚上就会抬头望月。这就是"犀牛望月"盼望早日回到天上的缘故。

簸之扬之，糠秕在前；
洮之汰之，砂砾在后

名句的诞生

王[1]因谓曰："簸之扬之[2]，糠秕[3]在前。"范[4]曰："洮之汰之[5]，砂砾在后。"

——排调第二十五

完全读懂名句

1. 王：指王坦之，字文度。桓温死后，与谢安一同辅助幼主。2. 簸之扬之：就是簸扬，意即用筛米去糠的竹器不断地让米起落，以除去糠秕。3. 糠秕：谷类废弃不可食的部分。比喻琐碎或无用的事物。4. 范：指范启，字荣期，以才义显于世，仕至黄门郎。5. 洮之汰之：洗濯的意思，这里指洗米。

王文度对范荣期说："把米放在簸箕中不断翻扬，无用的糠和秕就会移到前面。"范荣期不甘示弱地说："把米加以淘洗，砂砾就留在最后。"

名句的故事

这个故事发生在南北朝梁简文帝时期。有一次，王文度、范荣期两人双双受到简文帝约见，范荣期虽然年长但是官位却较低，王文度则是年纪轻但是官位较高。要上前觐见简文帝时，两人相互谦让要对方先行，让来让去，王文度就落在范荣期的后面。王文度当下突生一智，说出："簸之扬之，糠秕在前。"

而这句话其实源于《尚书·仲虺之诰》仲虺（音悔）是商汤的左相，商汤发动革命打败夏桀，放逐夏桀于南巢，但是商汤的心中还是感到忧虑。仲虺为了安抚商汤，所以写下这篇文告，以支持商汤革命的正义性。文告中描述："肇我邦，予有夏，若苗之有莠，若粟之有秕。"意思是说，商是在夏朝的时候建立的，就好像稻苗当中会有杂草，成熟的稻穗中也会掺杂一些没有长好的空谷。就夏朝的立场而言，商的出现就好像是稻苗中的杂草、稻穗中的空谷，是要被铲除的，如同孔安国所传述："若莠生苗，若秕在粟，恐被锄治簸扬。"

王文度虽然孔智过人，却也反映出他的心胸；范荣期也不甘示弱地用砂砾比喻王文度。这就是典型的"君子动口不动手"，也是魏晋名士的风格呀！

历久弥新说名句

魏晋时期的名士，行事讲究文采风流，骨子里或多或少都有恃才傲物的性格，对于实际或口头上的输赢，都特别敏感。

元朝高明所作《琵琶记》中的《糟糠自厌》，有一句："糠和米本是相依倚，被簸扬作两处飞；一贱与一贵。"将糠和米用来比喻蔡伯喈与赵五娘这对夫妻真是恰到好处，也突显出两人出生的贵贱差异，因此被迫离散、分隔两地。这里是用"簸"、"扬"的两个动作，让人联想这对夫妻的分隔是多么的迫不得已。

"糠秕在前"也是一句谦逊之词。例如《苏轼集·卷七十一》《答曾舍人启》："训词一出，皆丹青润色之文；老拙自降，有糠秕在前之叹。"这是苏轼在读到后辈的文章时，对于自己所享有的赞誉感到惭愧，因此形容自己就像无用的糠秕一样，居然占据在前面的位置。可见中国辞句的用法，可真是千变万化呀！

管中窥豹，时见一斑

名句的诞生

王子敬[1]数岁时，尝看诸门生樗蒲[2]，见有胜负，因曰："南风不竞[3]。"门生辈轻其小儿，乃曰："此郎[4]亦管中窥豹[5]，时见一斑。"

——方正第五

完全读懂名句

1. 王子敬：即是晋朝书法名家王献之。2. 樗蒲：樗音 shū，古代赌博游戏的一种，有点像今日的掷骰子。3. 南风不竞：原意指南方楚国的音乐，乐声低沉微弱，好像军队士气的低落；后人用来比喻竞赛失利的一方。4. 郎：仆役对主人之子的称呼。5. 管中窥豹：比喻所见狭小，未得全貌。

王献之小的时候曾经看他父亲的门生在玩掷骰子，他观察出

117

其中的胜负后，便说："南边的人比较弱。"门生们轻视王献之年纪小，便回答说："郎君只是从竹管中看豹，只能看到豹身上的一个花斑。"

名句的故事

王献之所说的"南风不竞"，是出自于《左传》。《左传·襄公十八年》记载，晋国的人一听到楚国的军队就有些害怕，晋国的乐师师旷便说："这没什么大碍，我每次吹奏完北方的音乐后，再吹奏南方的音乐，南方的乐声大多低沉微弱、没有活力，想必楚国的军队不会太强。"所以后人便用成语"南风不竞"来形容比赛或作战时实力较弱的一方。

句中人物所玩的樗蒱，其实是中国古代的博戏之一，外形很像是古代织布时所用的梭，两头尖，中间粗。后来人们把樗蒱这种博具的外形织进了丝织物中，形成了"樗蒱纹"，同时配以多种色彩以及花卉等纹样，显得庄重而华美。

以王献之一个小孩子，对他父亲的门生们所玩的游戏说出了见解，没想到却被门生们嘲笑。因此，王献之很生气地瞪大眼睛说："远惭荀奉倩，近愧刘真长！"然后生气地离开。荀奉倩就是曹魏时期的荀粲，为人清高，好玄谈辩论；刘真长是东晋的刘惔，也喜好老庄玄谈。两位都是当时所谓的名士清流之辈。王献之出于好意提醒地说出"南风不竞"，没想被奚落，因此提醒那些比他大的门生，即使是荀奉倩、刘真长遇到这个状况，都会感到惭愧。

因为这有个趣的故事，而有了"管中窥豹"这句成语，形容一个人看事物时，因为角度的关系，只看到局部而无法看到全貌。类似的成语有管中窥天、坐井观天、以蠡测海等等。

历久弥新说名句

"管中窥豹"也可能用来自谦。《宋史·杨纮传》记载，江东转运使杨纮是一个很严谨的人，他常常说："不法之人不可贷。去之，止不利一家尔，岂可使郡邑千万家俱受害邪？"对于不法的人不可以宽待，除掉这样的人，只是对这个人的家庭有损害，但是对很多家庭都会受益。据说，杨纮严谨到即使他在家中，他的儿女也不敢随便说笑谈话。杨纮平时都用手写记下所知道事实，将之称为《窥豹篇》。单就书名来看，就突显出这个人小心翼翼的性格。

譬如人眼中有瞳子，
无此必不明

名句的诞生

徐孺子[1] 年九岁，尝月下戏，人语之曰："若令月中无物[2]，当极明邪？"徐曰："不然。譬如人眼中有瞳子[3]，无此必不明。"

——言语第二

完全读懂名句

1. 徐孺子：东汉徐稚。2. 月中无物：意即月亮里面没有嫦娥、玉兔、桂树等。3. 瞳子：瞳孔。

徐孺子九岁时，一天在月下游戏，有人跟他说："如果月亮里面什么都没有，是不是会更亮一些？"徐孺子说："不会，就好像人的眼睛里有瞳孔，如果没有瞳孔，一定什么都看不见。"

名句的故事

徐孺子就是徐稚，东汉豫章南昌人。徐孺子自幼家境贫苦，桓帝虽然多次征召他入宫，但是因为不满宦官专权，终究不愿入京求得一官半职，所以当时的人称他为"南州高士"。这句名言是透过修辞学上的比喻手法，借由人眼睛的特色做发挥，反映出徐孺子的聪慧。

关于徐孺子的聪慧还有另一则故事。徐孺子跟着父亲去拜访当时受人尊敬的学者郭林宗，两个人一进门就发现几个人正忙着砍一棵大树。徐孺子觉得奇怪，便开口问站在一旁的郭林宗为什么要砍树。郭林宗回答："房子四四方方像个'口'字，院子当中长着一棵树，木在口中就是'困'，这很不吉祥。"

徐孺子听了之后忍住笑意，觉得郭林宗实在迂腐。他便装出吃惊的样子，赶快告诉郭林宗："先生，这房子也不能住人了。"此刻换成郭林宗不解地看着他，徐孺子则一脸认真地说："房子四四方方像个'口'字，房子里住着人，人在口中就是'囚'字，那住在房子里的人都会成为囚犯喽？"郭林宗听罢，哑口无言，他以后就再也不去做那些迷信的傻事了。

历久弥新说名句

曾国藩在《冰鉴》中说："一身精神，具乎两目。"意思是说一个人的精、气、神，自然会透过他的两眼表现出来。在相学上有所谓的"重瞳"，就是眼睛里面有两个瞳孔，据说有重瞳的人通常是出生贫困却能够攀升到高位的人，历史上的人物如帝舜、项羽、南唐李后主等都是。

《晋书·顾恺之传》记载，顾恺之对于人物画特为擅长，但几近完成要点睛时，就过了好多年。人家问他为什么，他说："传神写照，正在阿堵中。"亦即人物画要有传神之处，关键便在于"阿堵"，也就是指眼睛。

又说顾恺之与殷仲堪常有往来，他很想为殷仲堪画像，但是殷仲堪由于自己的一只眼睛失明，所以不肯答应。此时顾恺之便劝道："若明点瞳子，飞白拂上，使如轻云之蔽月，岂不美乎！"只要在瞳孔上用"飞白"的方式处理，眼睛就像是被淡淡的云遮蔽住的月亮一样，也是很美的呀！所谓的"飞白"，就是笔画中有空白无墨之处。殷仲堪一听，便很高兴地答应了，让顾恺之又成就一幅惟妙惟肖的画作。

卿试掷地，要作金石声

名句的诞生

孙兴公作《天台赋》成，以示范荣期，云："卿试掷地，要作金石声。"范曰："恐子之金石，非宫商[1]中声！"然每至佳句，辄[2]云："应是我辈[3]语。"

——文学第四

完全读懂名句

1. 宫商：五音中的宫、商二音，在此用以借指乐声。2. 辄：每每，总是。3. 我辈：我们这类人。

孙兴公完成《游天台山赋》一文后，拿给他的朋友范荣期欣赏，还开玩笑地说："你把这篇文章摔到地上试试，一定会发出如金石般的声音。"范荣期听了倒是略带嘲讽地回道："恐怕你的金石之声，不是正统的宫、商那样好听的声音吧！"然而，范荣期只要读到好的句子，还是连连赞赏："这应该是我们想说的话呀！"

名句的故事

孙兴公就是东晋的诗赋大家孙绰，与书圣王羲之交好，博学能文。年轻时的孙绰性好山水，闲居于会稽一带（今浙江省绍兴）达十余年，期间他曾写下《遂初赋》，表达自己的匡世之志；后来在征西将军庾亮的推荐下，出任章安令，章安就是现今浙江省台州。

章安距离佛教圣地天台山不远，孙绰公余之暇常去寻幽问险。东晋时期的政治、社会动荡不安，诸多人都寄情于佛老玄谈，借以逃避现实问题，而孙绰不仅信奉佛教，与当时的佛教高僧竺道潜、支遁也都有往来。《游天台山赋》就在孙绰的兴之所至而诞生，也成为中国山水文学的端倪。孙绰的《游天台山赋》语词中，或多或少加入了自己的神游与想象，然而，全篇文章充分反映出当时文人的隐士性格，文学上的造诣不可抹灭。

后人便以"掷地作金石声"，或称"掷地有声"，比喻文章文辞优美、字句铿锵有力，就如同钟磬等乐器所发出清脆悦耳的声音，用来形容写得好的文章。

历久弥新说名句

南朝宋明帝在位时，听闻有一个文人吴迈远很有文采，因此就召见他。偏偏这个吴迈远就喜欢自夸，鄙视他人。据说他每次自觉作出好诗句的时候，就会"掷地呼曰：'曹子建何足数哉！'"认为"七步成诗"、"才高八斗"的曹植都无法跟他相比，这可见吴迈远的自大。

用"金石"的声音来形容一篇好文章，突显出中国文字本身所具备的声韵，让文章的可读性更高了。《台湾文献丛刊·书堂听读》叙述："我无车马客，亦乏丝竹情；虚堂听读书，四壁金石声。"意思是说，自己家里没有什么客人，也没有弹琴的闲情逸致，倒是喜欢朗诵，因此四面环绕的墙壁都会有朗诵声音的响应，这个声音也就是"金石声"。

妇有四德，士有百行

名句的诞生

　　许允妇是阮卫尉[1]女，德如[2]妹，奇丑。交礼竟[3]，允无复[4]人理，家人深以为忧。会允有客至，妇令婢视之，还答曰："是桓郎"。桓郎者，桓范也。妇云："无忧，桓必劝入。"桓果语许云："阮家既嫁丑女与卿，故当有意，卿宜察之。"许便回入内，既见妇，即欲出。妇料其此出，无复入理，便捉裾[5]停之。许因谓曰："妇有四德[6]，卿有其几?"妇曰："新妇所乏唯容尔。然士有百行，君有几?"许云："皆备。"妇曰："夫百行以德为首。君好色不好德，何谓皆备?"允有惭色，遂相敬重。

——贤媛第十九

完全读懂名句

　　1. 阮卫尉：阮共担任卫尉一职，乃魏之中央官名。2. 德如：指阮共的儿子阮德如。3. 交礼竟：婚礼交拜结束之后。4. 无复：

不再。5. 裙：衣服的前襟。6. 四德：妇德、妇言、妇容、妇功。

许允的妻子是阮共的女儿，阮德如的妹妹，长相非常丑陋。婚礼结束之后，许允不再踏入新房，家里的人都十分担心。刚好许允有客人来到，新妇派奴婢去查看是谁，奴婢回答道："是桓郎。"桓郎即是桓范。新妇就说道："不用担心，桓范一定会劝许允进来。"果然桓范告诉许允说："阮家既然会嫁个丑女给你，应该是内有深意，你应该要好好查一下。"于是许允就回到新房，但是一见到妻子，马上又想出去。妻子料想这次若再让他走出去，以后也不会再进来，于是便抓住丈夫的衣服，阻止他离开。许允于是嘲讽说道："妇人应该具有四种美德，你有几种？"妻子回答："我所缺乏的只有容貌。但是士人应该具备着百种良好德行，你又有几种？"许允不客气回道："样样都有！"妻子反讽他："据说士人百种品行以德为首，而你看重美色不重视德行，怎么能说样样具备？"许允听了面有惭愧，于是之后两人相互敬重相处。

名句的故事

许允是曹魏时代的人，他与妻子阮氏之间有许多小故事，都被记载在《世说新语·贤媛》当中，其中最著名的故事即是本则。《贤媛》篇顾名思义，记载着魏晋时期贤女才妇，她们多出得了闺房、入得了厅堂，不仅具有聪明才智，更具有不输给男性的机智。因此，作者刘义庆特地将当时著名的女性逸事，收入其中。

这则许允与妻子阮氏之间的新婚插曲，乍看惊讶于阮氏的大胆与机智，但莞尔一笑之后，却又颇为阮氏感到难过。相貌乃父母天生，非人力所能改变，这也是阮氏对丈夫的抨击，但是扪心自问，这世上能不在乎配偶长相的又有几人？更何况古代不似今日可以自由恋爱，拜堂之后，丈夫掀起妻子红罩纱的那一刻有多么重要，自不在话下。"妇容"或许初步决定了新婚妇人的未来人生，其余的三德，只能待来日方长的认识了解吧！许允夫妻的例子正说明这点，阮氏因为出身世家，能有应对的才智与丈夫抗衡，痛斥男人重色不重才。幸好许允也能在反省之后，给妻子一个公平的机会，才成就了两人的婚姻结合。

许允对妻子要求"妇有四德"，四德乃古人对女子的要求。其实传统女性规范除了四德，尚有三从，加起来就是我们今日朗朗上口的"三从四德"。其中，三从在《仪礼·丧服》就清楚记载："在家从父，出嫁从夫，夫死从子。"清楚规范着女子一生所应依附与听从的对象。至于四德，则是要求女子应该具备四种美德，分别为"妇德、妇言、妇容、妇功"。妇德当然指的就是传统妇女应有的内涵美德，包括不善妒、恭敬、孝顺、贞节等。妇言，即要求女人应该谨慎少言，千万别东家长、西家短的，避免祸从口出。妇容，就比较微妙了，其实主要是指女性要勤于梳妆打扮，不可以懒散地当个黄脸婆，当然也多少意味着长相需要甜美一点啦！

历久弥新说名句

  仔细爬梳中国史书中的女性，多以美貌姿态出现，但其实也是有丑女的。"举案齐眉"即是一例。汉代的梁鸿是当时的名士，风度翩翩，有不少女孩子都爱慕着他。当时有一个容貌不扬、长得又黑的女子孟氏，年近30还未能寻到夫家。孟氏只能安慰父母，说："女人呀！要嫁也要嫁给贤明如梁鸿之人。"原来，其他一般人她还看不上眼呢！梁鸿知道后，居然赶来下聘，让当时人惊讶不已。原来梁鸿一直寻觅的是心灵相知的妻子，而非看中相貌功名之人。两人婚后相敬如宾，孟氏每次端茶给丈夫都是"举案齐眉"，恭敬地服侍着丈夫。

  不过能像梁鸿一般重才甚于貌的男子，可谓少之又少。晋朝时的张皇后，由于年老失宠，有一次在司马懿卧病在床时，前往探视。张皇后心存好意，但皇帝见了她却非常厌恶，骂道："老物可憎，何烦出也。"（你这个老怪物，看了就令人憎恶，你干嘛来？）张皇后听了之后，自此难过得不吃不喝。她的儿子们知道之后，也跟着不吃东西。皇帝知道后惊讶不已，赶紧跑去向妻子道歉。张皇后这才释怀，开始进食。但是可恶的皇帝，却在回去之后，说道："老物不足惜，虑困我好儿耳！"（那个老怪物死了就算了，我担心的是我那些儿子们！）足见古代女人以色事人者之悲哀，色衰则爱弛呀！

盲人骑瞎马，夜半临深池

名句的诞生

桓南郡[1]与殷荆州[2]语次[3]，因共作了语。顾恺之曰："火烧平原无遗燎。"桓曰："白布缠棺竖旒旐[4]。"殷曰："投鱼深渊放飞鸟。"次复作危语。桓曰："矛头淅米剑头炊。"殷曰："百岁老翁攀枯枝。"顾曰："井上辘轳[5]卧婴儿。"殷有一参军[6]在坐，云："盲人骑瞎马，夜半临深池。"殷曰："咄咄逼人[7]！"仲堪眇目故也。

——排调第二十五

完全读懂名句

1. 桓南郡：即桓玄，官至大司马，袭爵南郡公。2. 殷荆州：殷仲堪，晋孝武帝时，自黄门侍郎拔为荆州刺史。3. 语次：谈话之间。4. 旒旐：音 liú zhào，出殡时在灵柩前的幡旗。5. 辘轳：利用滑轮原理制成的井上汲水用具。古人常于井上立架置轴，贯以长木，缠绳其上，下悬汲水用的桶，用手转动嵌于长木一端的曲柄汲水。6. 参军：即参军之职，是军府中重要属官。7. 咄咄逼人：形容气势使人惊惧，是六朝的习惯用语。

桓玄与殷仲堪谈话之间，随着话题，一起作有关"终了"的联句。顾恺之说："火烧平原无遗燎（大火烧掉了草原，没有剩余的火种）。"桓玄说："白布缠棺竖旐旗（人死出殡，白布绑在棺木并竖起了幡旗）。"殷仲堪说："投鱼深渊放飞鸟（将鱼放到深潭并放走飞鸟，都一去不回）。"接着又作有关"危险"的联句。桓玄说："矛头淅米剑头炊（在予头下淘米、剑头下煮饭，随时都会送命）。"殷仲堪说："百岁老翁攀枯枝（百岁的老翁攀住枯掉的树枝）。"顾恺之说："井上辘轳卧婴儿（井上的辘轳躺着一个小婴儿）。"殷仲堪有一个参军在座，说："盲人骑瞎马，夜半临深池（盲人骑着瞎马，夜半来到深池旁边）。"殷仲堪说："咄咄逼人（这气势实在是太逼人）！"因为殷仲堪瞎了一只眼睛。

名句的故事

"了语"和"危语"，是当时文人在宴会或闲暇娱乐时所作的一种文字游戏。由两人或多人共作一诗，设立一主题，依次出句，相联成篇，可以一人出二句或多句，将所有人的句子，集合起来则成为一种联句诗。

"火烧平原无遗燎"、"白布缠棺竖旐旗"、"投鱼深渊放飞鸟"，这三句话都有表示完了、终结的意思，所以叫"了语"。另外，"矛头淅米剑头炊"、"百岁老翁攀枯枝"、"井上辘轳卧婴儿"、"盲人骑瞎马，夜半临深池"四句话都是举极危险的事情为题材所作的隐语，所以称为"危语"。

最后，参军插嘴所作的危语，可能有意或无意影射，正刺中殷仲堪瞎一只眼的缺憾而使他难堪；另外，此危语所呈现的意象，确实危险得令人惊惧，有咄咄逼人之势。殷仲堪听后，自觉难堪，又不便当众发怒，只得说了句"咄咄逼人"一语双关的话解嘲。

历久弥新说名句

"盲人骑瞎马"用来形容人不明事理，对自己身处险境一无所悉，乱撞乱跌，反倒引来旁人为他焦急万分。盲人骑马本来就是很危险的事情，盲人看不到外在的环境，无法导引马儿正确的方向，所以，"盲人骑马"是一"危"。而"骑瞎马"是第二"危"，盲人看不见东西，本来还可依靠马的本能，可是却骑着一匹瞎马，只能乱闯乱撞；"夜半"是第三"危"，在半夜没有人可以看到而救援，整个事件呈现岌岌可危的情况；而"临深池"是第四"危"，既无法掌握方向，又在未知的环境，眼看着灾难就在眼前，悲剧即将发生。后来，我们用来比喻事情的危险或不可能，即称之为"桓殷危语"。

"咄咄逼人"有三种含义，"咄咄"本为惊叹之声。"逼人"

指情势逼人。"盲人骑瞎马"的情境中，情势非常危急惊险。所以"咄咄逼人"一方面可以形容情势险恶逼人、使人畏惧的意思。另外，也有形容言语凌厉、气势逼人之意。

东晋时有一位女书法家卫铄，字茂漪，嫁汝阴太守李矩为妻，世称李夫人或卫夫人。她是书法世家，受到祖辈的影响，楷、行、篆、隶皆擅长。楷体造诣尤高。她的弟子王羲之，更是得到她楷书的真传，写起字来，咄咄逼人。此处"咄咄逼人"一语用来形容文字的气势逼近或超越她自己的作品，令人敬畏。

亲卿爱卿，是以卿卿

——情之所钟

已无延陵之高，
岂可有丧明之责

名句的诞生

豫章太守顾劭[1]，是雍[2]之子。劭在郡卒。雍盛集僚属自围棋[3]，外启信至[4]，而无儿书，虽神色不变，而心了其故，以爪掐[5]掌，血流沾褥。宾客既散，方叹曰："已无延陵之高[6]，岂可有丧明之责[7]！"于是豁情散哀，颜色自若。

——雅量第六

完全读懂名句

1. 顾劭：字孝则，吴郡人。27岁为豫章太守，对百姓导之以德政，而使教化大行。2. 雍：顾雍字符叹。累迁尚书令，封阳遂乡侯，官至丞相。3. 棋：同棋。4. 外启信至：外面通报有信差到来。5. 掐：用指甲刺进肉里。6. 延陵之高：像延陵季子一样通达。季子，是吴公子季札，延陵是他的封地。7. 丧明之责：丧死了儿子，哭到瞎了眼睛。

子豫章太守顾劭是顾雍的儿子。顾劭死在郡所，顾雍大集属员在下围棋。外面通报说信差到来，却没有儿子的书信，顾雍虽神色不变，但心里已经明白其中缘故，难过得用指甲刺进手掌里，流出的鲜血沾满了坐垫。等到客人都散了，才叹气说："我比不上延陵季子那样通达，又怎能像子夏一样哭瞎了眼睛，而受到人们的指责！"于是，放宽心情，排遣哀痛，面色安然自如。

名句的故事

"延陵之高"指的是延陵季子丧子的故事。《礼记·檀弓》记载：延陵季子的长子死了，孔子去参加丧礼。见到墓穴的深度还不到泉水处，死者也只是穿着平常的衣服入殓，下葬以后，季子绕着土堆哭喊说："骨肉又回到土里去了，这是命该如此，至于你的精神是无所不在的。"哭喊了三遍就离去了。孔子认为他的行为合于礼。

而"丧明之责"指的是子夏哭子的故事。《礼记·檀弓》中谈到，子夏因为死了儿子而哭瞎了眼睛，曾子去慰问他，子夏哭着说："我是没有罪的人啊！"曾子生气地说："你怎么会没有罪呢？你使西河的百姓以为你比得上孔夫子，这是第一桩罪状；你早先的父母之丧，也没有树立什么孝亲的榜样给百姓，这是第二桩罪状；死了儿子却哭瞎了眼睛，这是第三桩罪状。还说你没有罪吗？"

历久弥新说名句

父母疼爱子女之心千古皆同，《后汉书·杨彪传》记载：杨修因机智过人，受曹操疑忌而被杀害，其父杨彪思念爱子而形销骨立。有一天，曹操问道："你怎么这么瘦啊？'杨彪回答说："我很惭愧没有像金日磾发现孩子不肖的先见之明，孩子死后，我还像老牛般怀抱着舐犊之爱！""老牛舐犊"是形容他心里像老牛不断用舌头舐小牛一样疼爱他的儿子，借以表达其爱子之情。

不论是"已无延陵之高，岂可有丧明之责'的顾雍、怀抱"舐犊之爱"的杨彪，或"恨铁不成钢"亲手杀死儿子的金日磾，在不同的情况下失去了他们的儿子，但悲痛的心情想必都是相同的！现代作家黄春明痛失爱儿，沉痛地写下父母对子女永恒的爱："我们知道你不回来吃饭；就没有等你，也故意不谈你，可是你的位子永远在那里，你以为你潇洒地走了，你没有，相信我，你没有。"令人动容。

纯孝之报

名句的诞生

　　吴郡陈遗，家至孝，母好食铛底¹焦饭，遗作郡主簿，恒装一囊，每煮食，辄贮录²焦饭，归以遗³母。后值孙恩贼出吴郡，袁府君即日便征，遗已聚敛得数斗焦饭，未展⁴归家，遂带以从军。战于沪渎，败，军人溃散，逃走山泽，皆多饥死，遗独以焦饭得活。时人以为纯孝⁵之报也。

——德行第一

完全读懂名句

　　1. 铛底：锅底。铛，音 dāng。2. 贮录：贮存收藏。3. 遗：音 wèi，赠送，给予。4. 未展：来不及。5. 纯孝：笃孝，即至诚的孝心。

　　吴郡人陈遗侍奉家人极为孝顺，他的母亲喜欢吃锅底的锅巴，他在郡府担仁主簿时，身边时常备有一个袋子，每次煮饭之后，总会把锅巴贮藏起来，带回家给母亲吃。后来，逢上孙恩聚众作乱，攻入吴郡，太守袁菘领兵讨伐孙恩，这时陈遗已经聚积了几斗锅巴，来不及赶回家，即带着锅巴出征。两军大战于松江下游沪渎一处，陈遗这方战败，士兵四处溃散，往山间湖泽方向逃逸，多数人因饥饿而死。唯独陈遗靠着锅巴得活。当时的人，认为这是陈遗至诚孝心的善报呀！

名句的故事

陈遗是吴郡（今江苏苏州）人，东晋末年时，担任吴郡主簿，即负责掌管文书簿籍的地方官员；由于陈遗的母亲喜欢吃锅巴，所以他每天都会拿一个袋子，到郡府厨房内打包那些人们不爱吃的焦黑饭，带回家给母亲吃。东晋安帝隆安三年（公元399年）孙恩聚众叛乱，朝廷决定发兵征讨孙恩，从此展开了长达三年的一场内乱；陈遗的顶头上司吴郡太守袁菘，在隆安五年（公元401年）因攻敌不克，惨遭孙恩军队所杀害，在这场乱事当中，许多人皆因饥饿而丢了性命，陈遗得以大难不死，其赖以维生的就是那袋原本要带回家给母亲的锅巴饭。

此事传来之后，大家一致认为是陈遗侍母的"纯孝"之心感动上天，所以才能够幸运地逃过一劫。不过，据《南史·孝义传》所记，陈遗除了带着这袋锅巴死里逃生之外，在战败逃亡的过程中还发生了一件神迹。史书写道："母昼夜泣涕，目为失明，耳无所闻。遗还入户，再拜号咽，母豁然即明。"陈遗经过一段在山泽间流窜、躲避叛军的日子，他的母亲因担心儿子的安危，日夜不停哭泣，把双眼都哭到失明了；好不容易陈遗回到家中，看到母亲担忧自己把双眼都哭瞎了，不禁号啕大哭地跪拜母亲，神奇的是，母亲原本看不见的眼睛，竟在此时又恢复视力了！从此更加深了人们对"纯孝之报"的信念，始终坚信人的"孝心"是可以感动上天的。

历久弥新说名句

　　"纯孝"一语，原是古人赞美东周春秋郑国大夫颍考叔的话。《左传·隐公元年》记录了历史上著名的故事"郑伯克段于鄢"。事件的起因是郑庄公的母亲姜氏，从小偏心庄公的弟弟共叔段，等到庄公一即位，她不断向庄公提出要求封邑给共叔段管理，造成共叔段的封地和军备直逼庄公所统治的范围；待共叔段羽翼渐丰，便筹谋叛变，加上境内还有母亲姜氏的里应外合，共叔段本以为这是一场天衣无缝的计划。

　　其实，郑庄公对弟弟共叔段的动向一直有所掌握，只是碍于母亲的缘故，不便直接展开攻击，等到共叔段准备起兵，庄公才率兵征讨，共叔段因而兵败逃亡。此事之后，庄公气得将母亲姜氏幽禁在城颍一处，发誓说："不到黄泉，绝不和母亲相见。"只是话一说出，庄公立即心生反悔，毕竟姜氏是自己的亲生母亲。郑国大夫颍考叔看出庄公的心意，于是替庄公想出一个两全其美的法子，他教庄公把地挖掘到见到泉水，然后与母亲在地道中相会，这样既不违背庄公先前说出的誓言，又可以和姜氏重拾母子之情。

这则记事的最末写道："颖考叔，纯孝也，爱其母，施及庄公。诗曰：'孝子不匮，永锡尔类。'其是之谓乎。"文中称许颖考叔是一个大孝子，除了自己行孝之外，也懂得助郑庄公尽到孝道。所以《诗经·大雅·既醉》才会出现"孝子不匮，永锡尔类"的诗句，意指孝子的心不会匮乏，幸福永远赐予这类人身上。

南朝宋时的文学家谢庄，字希逸，他在宋孝武帝大明六年（公元462年），曾为宣贵妃殷淑仪作了一篇哀祭文《宋孝武宣贵妃诔》，其中两句为："纯孝擗其俱毁，共气摧其同栾。"意指宣贵妃的去世，孝顺的皇子悲伤到用手捶拍胸部，形体几乎毁坏；由于母子连心，只因一体分形，同气异息，皇子痛失了母亲，形貌自此憔悴不堪。

殷淑仪为宋孝武帝刘骏的妃子，死后被追封为贵妃，谥曰宣。谢庄的这篇诔文里，刻意着墨于皇子对母亲的至诚孝心，其呼天抢地的摧残形体，表现出失去母亲的深切哀恸。

试守孝子

名句的诞生

王仆射[1]在江州，为殷、桓[2]所逐，奔窜豫章，存亡未测[3]。王绥[4]在都，既忧慽[5]在貌，居处饮食，每事有降[6]。时人谓为"试守[7]孝子"。

——德行第一

完全读懂名句

1. 王仆射：王愉，当时正出任江州刺史。2. 殷、桓：殷仲堪、桓玄。3. 未测：未卜、未知。4. 王绥：王愉之子。5. 慽：同凄。6. 降：降低等级。7. 试守：类似今日的"见习"。

王愉担任江州刺史时，逢遇殷仲堪、桓玄攻击驱逐，战乱中退逃到豫章，生死未卜。他的儿子王绥在京城听到消息，面带忧容，起居饮食皆节制降等。当时的人就称他为"试守孝子"。

名句的故事

晋室偏安局面安定之后，祖逖、桓温都曾经力图北伐，但囿于北方胡族的强盛，与南渡皇族、士族夺权专擅，贪图享逸，最后只能在淝水之战，确立偏安局势。此后，不仅皇室不再有恢复故土的野心，即使臣民也安于南方新乐土。名宰相谢安过世之后，东晋政治也面临分裂的危机，军权主要掌握在扬州刺史桓温手上。桓温篡位失败后，其子桓玄仍有称帝的野心，当时他与荆州刺史殷仲堪结合，握有荆州大权。江州刺史王愉正是朝廷派来监督抗衡桓玄势力的人。不过，当殷、桓起兵之时，王愉力战不敌，只得弃守逃亡，又在途中被敌军所获，最后降于桓玄幕下。本则"试守孝子"的故事，即发生在这段时期，当时尚在京城的王绥，对于前线战况一无所悉，害怕父亲已遭遇不测，因此不敢逾矩，先当起"试守孝子"。

何谓"试守孝子"？以古代礼法而言，人际关系中最重要的依据即是丧服礼规定的秩序。历代礼仪书中对于服丧细节都详加记录。丧服礼是古代人们生活中重要的一环，人与人之间的亲疏远近尽表现于其中，关系越亲密，服丧的礼仪越重、越久。其中又以君臣、父子所服之斩衰三年最重。服丧期间有许多规范，饮食穿着之外，甚至嫁娶生子都在禁止的行列当中。居丧期间若不遵守礼仪，严重的话，官庭甚至还可以将其治罪。基于此，王绥在父亲生死未卜之际，不敢稍逾越礼分，害怕若是父亲真有不测，那自己此时的享受就是大不敬了。所幸后来证明是乌龙一场，父亲王愉并无受害，因此当时人才称之为"试守孝子"。"试守"一词，有见习、尚未正名的意思。"试守孝子"即指父亲尚在却守丧有如孝子一般，是当时人对王绥孝行的称赞。

历久弥新说名句

东汉素有"表彰气节"的历史封号。这个时代对于儒家礼法特别要求，中央用人的首要标准，其中之一就是"举孝廉"。对儒家官员来说，能在家孝顺父母，对国家才会尽忠，对人民才能体恤，感同身受。这种"孝廉"才有资格帮助朝廷治理天下。制度发展之初，原为统治者的善意，但其发展却始料未及。一些想要出头的读书人，为了攀上"举孝廉"，绞尽脑汁想出一些光怪陆离的"义行"。例如，东汉晚期清议运动中的砥柱陈蕃，在他担任青州乐安太守时，地方上有一个人在父母过世之后，守丧20年，且居住在墓穴旁边的地道当中。陈蕃于是派人去了解，当地长官都称这位赵宣是个孝子，急欲表扬。陈蕃邀请赵宣会面，并与赵宣妻子谈话，得知他们5个小孩都是在服丧期间所生。陈蕃非常生气，反将赵宣逮捕入狱。因为按礼教来说，服丧期间需要斋戒，不仅不可食酒肉，更不可生小孩！

到了唐代，法律明定居丧不合礼将予以处罚。其中又以居父母丧却娶妻生子者，处分最重，若为官员则处以免职，若为百姓则徒刑一年。若妻妾怀孕在父母丧之前则免刑，不然则须完整服完丧期脱下丧服才能回归正常生活。这项条文从唐代立法之后，直到明清依然实行，足见统治者对于捍卫孝道的决心。

唐宋以后，由于童蒙书发达，宗教鼓舞，都使得孝道受到更高的推崇。明清之后，"割股疗亲"成为当时另一种奇怪的风行产物。割股疗亲早在春秋战国时典籍已有记载，此后历代也有一些个案。宋朝的苏东坡也曾对此义行发表议论，言："上以孝取人，则勇者割股，怯者庐墓。"认为统治者对于孝子的崇尚，对社会导致不良的效果，使得有勇气的人敢动刀割大腿肉，比较没有骨气的就干脆努力结庐守墓，用以媚上。苏轼的上书并无法改善风气，毕竟皇帝不可能要人民不孝顺，这其实是两难，为了统治便利，当然要鼓吹忠孝思想，历朝修撰史书，必定收入孝子、忠臣传记的原因即在于此。

这种愚忠愚孝观念的改变，要到清代列强以船坚炮利入侵后，传统中国沉重的包袱才有了改观。革命先锋鲁迅就曾在《坟·我们现在怎样做父亲》中嘲讽道："医学发达了，也不必尝秽、割股。"过去的陋习至此需要改变。愚忠愚孝不再需要固守，应该远远抛弃，努力追求现代化、科学化。受到这种风潮影响下的我们，虽然教育仍教导我们事父母以孝，但孝顺的方式已不同于古代，"生之孝"远比服丧守礼的"死之孝"来得更为重要！

生纵不得与郗郎同室，
死宁不同穴

名句的诞生

郗嘉宾[1] 丧，妇兄弟欲迎妹归，终不肯归。曰："生纵不得与郗郎同室，死宁不同穴[2]！"

——贤媛第十九

完全读懂名句

1. 郗嘉宾：郗音 chī，指东晋人士郗超，字景兴，又字嘉宾。
2. 同穴：夫妻合葬叫做同穴。

郗嘉宾过世了，他妻子的兄弟想要她回娘家住，但是他妻子始终不愿意回去，并且说："我活着即使无法与郗郎同居一室，死后难道不能埋在同一个墓穴吗？"

名句的故事

郗超出身豪门世族，据《晋书·郗超传》记载，他"少卓荦不羁，有旷世之度"，意即他年少时便才华出众，性格豪迈，具备一种卓然的气度，也因此交游广阔。《赏誉》中有句谚语："扬州独步王文度，后来出人郗嘉宾。"郗超与"江东名士"王文度齐名，后来因为他在桓温的麾下展现不凡的军事才能，其表现更胜王文度一筹。

《晋书·郗超传》记载，由于郗超生前位高权重，提拔寒门后进更是不遗余力，因此为他写挽联的人达40多人，连沙门中人都悼念不已。

这句名言表现出郗超与他妻子之间永恒不渝、生死不弃的情感。其语法应是出自《诗经·王风·大车》的"谷则异室，死则同穴"。郗超的妻子充分展现出一个女性对爱情的坚持，只能可惜郗超在42岁时就撒手归天呀！

历久弥新说名句

中唐诗人元稹有一首《遣悲怀》，其中有句："同穴窅冥何所望，他生缘会更难期。"窅（音咬），窅冥是深邃、渺茫的意思。元稹的妻子在元和四年过世，这首诗是给他妻子的悼亡诗。元稹一想到妻子早逝，觉得以后要跟她葬在一起的机会相当渺茫，更何况期待下辈子能否有缘相聚。所以元稹又说："惟将终夜长开眼，报答平生未展眉。"他只好在漫漫长夜里，用无尽的思念，报答他妻子生前时与他同甘共苦的情意。

元杂剧有一出《死生交范张鸡黍》，叙述好朋友范式、张劭分别后，张劭病倒过世，范式有感应地立即动身前去探望张劭。范式快抵达时，正值张劭出殡入土之际，只见张劭的棺材突然动也不动，众人无法将之抬进墓穴。此时，只见范式远远赶到，抱着棺材哭泣说："戚同忧、喜同悦，生同堂、死同穴。"两人一起高兴、一起悲伤，希望在世能够同窗共读，死后也可以埋在一起。范式、张劭的生死交情，相当令人感动，后人便用"范张鸡黍"来比喻朋友间真挚的情义。

有一种"海绵动物"，名叫"偕老同穴"。这是一种骨骼为白色的海绵，在生长时会交织成网状，而且通常会有一对俪虾住进去。俪虾住进海绵里面之后，就不会再游出去，最后就老死在海绵里面。所以这种海绵有一个浪漫的名字，叫做"偕老穴"，通常人们会送"偕老穴"的标本给新婚夫妻，祝福他们白头偕老。

亲卿爱卿，是以卿卿；
我不卿卿，谁当卿卿

名句的诞生

王安丰[1] 妇常卿[2] 安丰。安丰曰："妇人卿婿，于礼为不敬，后勿复尔[3]。"妇曰："亲卿[4] 爱卿，是以卿卿[5]；我不卿卿，谁当卿卿？"遂恒听之。

——惑溺第六

完全读懂名句

1. 王安丰：即竹林七贤中的王戎。2. 卿：动词，称呼对方为卿，如现代语"亲爱的"。3. 尔：代名词，同"此"。4. 卿：名词，指涉对方，此处指丈夫。5. 卿卿：前为动词，后为名词，意为亲爱丈夫。

王戎的妻子常常称呼丈夫为卿。王戎于是说道："妻子称丈夫为卿，不合礼法，以后不要再这样称呼了。"妻子回道："亲爱你这个丈夫，所以唤你为'卿'。我不唤你亲爱的，谁又有资格唤你亲爱的呢？"王戎听了之后，就不再反对了。

名句的故事

《世说新语·惑溺》专收录耽溺于声色、财富、忌妒、情爱，无所节制、不可自拔之事，用以讽谏时风。传统儒家重视礼法，讲求不逾礼，以礼来维系人间秩序。

以汉代张敞为例，当时大名鼎鼎的执法专员张敞，在外不苟颜色，严厉执法，但为后人所知的却是他为妻"画眉"的私事，这便是成语"张敞画眉"的典故。画眉原本是夫妻俩闺房之乐，但这种私事却被政敌拿来作为诬陷的借口，皇帝询问张敞，张敞回道："臣闻闺房之内，夫妻之私，有过于画眉者！"皇帝想想也对，于是这桩诬陷才没有成功。可见在汉代即使是私人闺房之事，也要合于礼法才行，足见礼教规范的严密。

以本篇王戎夫妻的例子，当妻子跺脚娇嗔道："亲卿爱卿，是以卿卿；我不卿卿，谁当卿卿？"是据理力争的爱情表现。若放在历史脉络来看，此篇文章具有不同的历史意涵，也反映了魏晋时期的时代风潮，以情代礼的风气越来越盛。士人疾呼要求解放，以"亲密"的呼唤来表现内心至情，王戎夫妻间的琐事于是得以流传下来。即使是竹林七贤的王戎，对这种亲密的举动都不免觉得别扭，那么当时人的反应就更值得我们玩味了！

历久弥新说名句

　　"卿"字在古代是相当亲密的称呼。探索"卿"的称呼方式，先秦时用于对尊者的敬称，更常见的莫过于古装电视剧中常唤的"爱卿"诸类。然而，到魏晋南北朝"卿"字的使用对象大为扩大，王戎妻子亲密呼唤丈夫是一例，另外对于友朋也称之为"卿"。唐代文人李贺《休洗红》言："休洗红，洗多红色浅。卿卿骋少年，昨日殷桥见。封侯早归来，莫作弦上箭。"《休洗红》是当时流行的曲牌，前两句"休洗红，洗多红色浅"是固定用法，后面才为诗人自由创作。李贺所言的"卿卿"即是指男性友人，他即将要从戎，李贺祝福他功成名就早日封侯归来，不要像弓箭一般一射就不回头。可见"卿卿"即使同性也可以使用，成为情人、夫妻、好友间的亲昵称呼。

情之所钟，正在我辈

名句的诞生

王戎丧儿万子[1]，山简往省之，王悲不自胜。简曰："孩抱[2]中物，何至于此？"王曰："圣人忘情，最下不及情。情之所钟，正在我辈。"简服[3]其言，更为之恸。

——伤逝第十七

完全读懂名句

1. 万子：王戎儿子的名字。2. 孩抱：怀抱中的婴孩、幼童。3. 服：信服。

王戎的儿子万子死了，他的朋友山简前往吊唁。王戎非常的伤心难过。山简于是安慰道："就只是一个怀抱中的孩子而已，何苦悲痛到这种地步？"王戎回答道："最高层的圣人是不会动情，最下等的人也谈不上有感情。对感情最为重视的，正是我们这一类的人。"山简听了非常认同，也更加为他感到悲伤。

名句的故事

历史上关于这个故事的主角，有两种说法。一种是承袭着《世说新语》的说法，是王戎伤其子万儿。另一个说法是认为过世的是王戎兄弟王衍的儿子。之所以出现歧异，是因为根据史籍记载，王戎的儿子——王绥（字万子）过世时已经 19 岁，即将成年，不可谓之"孩抱中物"。反而王衍曾丧幼子。因此后世有人认为这个故事应该是王衍丧子，而非王戎。历来说法有所争议。

王戎丧子这个故事，以现今眼光来看，似乎没什么特殊之处。但依照古代的礼仪而言，儿子的身份较为卑下，尊长不应太过悲伤，但人既非圣贤、也非草木，岂能无动于衷？王戎说服山简的即是"情之所钟"，而非固有儒家人伦关系的尊卑秩序。

在《伤逝》篇中的另一则小故事，也是情逾于礼的情况。郗愔与其子郗超两人同在官场中任职，但拥护的对象却不相同。父亲郗愔效忠东晋王室，儿子郗超暗地却与想篡位的桓温交善。郗超将死之前，惟恐父亲太过难过，特别交代手下，若父亲真的很难过，就把这箱过去与桓温的联络书信交给他。郗超过世时，当下郗愔并无太大反应。但等到儿子即将入殓出殡，郗愔却"一恸几绝"，哀伤成疾。郗超的手下赶紧遵循主人生前的交代，将这箱遗物交给郗愔。果然，郗愔看了之后，就停止哭泣，甚至破口大骂

"小子死恨晚"（怎么不早一点死）！前后反应有着天壤之别。

历久弥新说名句

　　"情之所钟，正在我辈"一句，后来却成为文学经典的名句。如曹雪芹名著《红楼梦》中，即塑造出秦钟的人物角色。秦钟者，情钟也。曹雪芹运用的即是"情之所钟，正在我辈"的典故，意图创造一个对情最真挚且义无反顾的角色。秦钟是宁国府秦可卿的弟弟，长得白净俊逸，与贾宝玉意气相投。秦可卿与公公若有似无的暧昧，是造成她最后寻短的主因。秦钟护送着姐姐的灵柩到水月庵暂置。却于庵里与尼姑智能儿发生感情，私自幽会，难分难舍。秦钟虽知此不合常理，也不为人所谅解，却陷入其中无法自拔。秦父得知后，震怒不已，请出家法，将秦钟打到重伤，自己也气得一命呜呼。秦钟一方面挣扎于爱情，一方面又背负着害父亲死亡的自责，最后也一病不起，就此结束他短暂的人生。对于曹雪芹笔下的人物而言，钟于情者，似乎也注定亡于情。

肝肠寸断

名句的诞生

桓公[1]入蜀[2]，至三峡中，部伍中有得猿子者。其母猿岸哀号，行百余里不去，遂跳上船，至便即绝。破其腹中，肠皆寸寸断。

——黜免第二十八

完全读懂名句

1. 桓公：就是桓温。2. 蜀：即四川省。

桓温乘船进入四川，来到长江三峡，部队中有人捕捉到一只小猴子。小猴子的母亲沿着岸边不断哀号，跟着船走了一百多里仍不愿离开，最后虽然跳到船上，却也死了。船上的人就剖开母猴的肚子一看，肠子都一寸一寸的断裂了。

名句的故事

桓温在当时可以掌军权，就是因为扫平"五胡十六国"在蜀地的势力——成汉。而这个名句所记载的就是他从长江三峡进入四川时的故事。

桓温出任荆州刺史后，想尽快树立功威，稳固政治势力。他上疏要讨伐蜀汉后，便径自出兵，当时大家都认为此仗胜算很小，因为"蜀道之难，难于上青天"。而且当时的蜀地是未开发之区，桓温搭船所经过的三峡，还是野生长臂猿猴的聚集之处，这些猴子完全不怕人。后来发生母猿的惨剧，这个士兵下船后便把母猴埋在石堆里，带着小猴子走向森林。据说，每每有船行经三峡时，就会听到猿猴哀鸣悲泣的声音。而成语"肝肠寸断"则被用来形容一个人悲痛欲绝的心情。

桓温在蜀地还发生另一个小插曲。他将亡国国君的女儿李氏纳为妾，他的元配非常生气，便拿着刀子想要去砍杀李氏，没想到李氏很镇静地说："我已经国破家亡了，如果能被你杀死，也是我的心愿呀！"桓温的元配被她感动，甚至怜悯她的处境。这就是"妒女犹怜"的典故。

历久弥新说名句

《战国策》也记述了一个"肝肠寸断"的故事。齐国的家臣张丑，被送到燕国去当人质。过了不久，齐、燕两国交恶，燕王便想要杀死张丑，张丑趁机逃走，却没想到在燕国的边境被捕获。此时张丑心生一计，告诉官吏："燕王以为我有很多财宝所以要杀我，如果你把我交出去，我就告诉燕王，你夺走我的财宝并且吞到肚子里去，到时候燕王一定会'刳子腹及子之肠矣'。"刳（音哭），剖开之意，意即燕王为了财宝，一定会剖开士兵的肚子，将他的肠子一寸一寸截断。官吏听完之后，为了保命，赶紧让张丑逃走。

《红楼梦·第八十三回》描述林黛玉觉得自己寄住在贾府中的境地，越来越不堪，特别是她与贾宝玉的感情始终无法有个明确的结果，隔着窗户听到有人骂到："你这不成人的小蹄子！你是个什么东西，来这园子里头混搅！"林黛玉一听，以为是骂她，立刻"那里委屈得来，因此肝肠崩裂，哭晕去了"。此处的"肝肠崩裂"如同"肝肠寸断"，都是比喻悲伤到了极点。

另外，"肝肠寸断"也用来形容饥饿到了极点。孤本《元明杂剧·度黄龙》的第一折："你两个无中生有，胡说了这一日，把我饿得来肝肠寸断，你还说嘴哩！"悲伤与饥饿，这两种用法非常的两极化，都将举止形容得很生动。

慎勿为好

名句的诞生

赵母嫁女，女临去，敕[1]之曰："慎勿[2]为好！"女曰："不为好，可为恶邪？"母曰："好尚不可为，其况[3]恶乎！"

——贤媛十九

完全读懂名句

1. 敕：告诫。2. 慎勿：千万不要。3. 况：更何况。

赵母嫁女儿，在女儿临去之前，特别告诫她："千万别做好事！"女儿反问："不做好事，难道要做坏事？"母亲回答："好事都不能做了，何况是坏事！"

名句的故事

根据清代李慈铭的考证，认为此处的赵母，应该是三国时代吴国虞翻的妻子，颍川赵氏女，以才敏多览著称于世。丈夫过世之后，孙权听说赵氏贤才聪慧，于是下诏她入宫，担任女官。不仅对国事建言，也笺注东汉刘向的《列女传》。赵氏所留下的文学作品，光是赋就高达10万余言，足见其才。本篇名句即撷取赵氏嫁女时的"金玉良言"。乍看或许难以理解，不懂一个母亲为何在女儿临嫁之前，留下这么诡异的交代，其用意何在？

以现代的眼光或许难以理解，但我们再思索古人的生活，赵母这段话，其实颇有深意！早在汉代《淮南子》中即记载类似的事情，只是说法略为不同，父母交代女儿："尔为善，善人疾之"，直接点出由于怕女儿表现得太过美善，唯恐招惹众人忌妒的眼光，因此需要低调行事。《世说新语》的记载更为隐晦，完全不提赵母为什么不要女儿行善。其实从小受赵母严加调教的女儿，完全懂得赵母言下之意，因此后面故意戏言："不为好，可为恶邪？"其实是女儿想在出嫁前最后一刻，与母亲撒娇，享受天伦之乐。

这则故事中赵母虽然告诉女儿不要做好事。但深究她的意思，是提醒女儿做好事千万别沽名钓誉，不可沾沾自喜着"好人好事"的荣誉状有几张，而是要更用心去做，要雪中送炭而非锦上添花。

历久弥新说名句

对于古代已婚妇女的生活景象，唐代诗人白居易的《妇人苦》便说："蝉鬓加意梳，蛾眉用心扫。几度晓妆成，君看不言好。妾身重同穴，君意轻偕老……人言夫妇亲，义合如一身。及至死生际，何曾苦乐均？妇人一丧夫，终身守孤子。有如林中竹，忽被风吹折。一折不重生，枯死犹抱节。男儿若丧妇，能不暂伤情？应似门前柳，逢春易发荣。风吹一枝折，还有一枝生。为君委曲言，愿君再三听。须知妇人苦，从此莫相轻。"呈现古代男女地位差异的情形。

此诗开始即言妇人一早梳妆打扮，画了好几次才满意，却只因为丈夫一句"不好看"，只得再次重来。女人盼的是即使不能同年同日生，但愿同年同日死。但男人的心态却非如此，轻蔑着白头偕老。就连社会上的规范也迥异，妇人丧偶，只能守着贞节牌坊，含辛茹苦地养大小孩，仿佛是林中的竹树，竹枝一旦被风吹断，就不再重生，即便枯死也毅然竖立。男人虽不至于老婆过世都不难过，但就像门前的柳树，只要春天一到，嫩绿枝芽就长了出来；被风吹断一枝，旁边就又长出新的枝芽。因此白居易奉劝天下所有男人，应该要懂得妇女的辛劳痛苦，不可再如此轻视她们。

鼻如广莫长风，眼如悬河决溜

名句的诞生

人问之曰："卿凭重桓乃尔，哭之状其可见乎？"顾曰："鼻如广莫长风[1]，眼如悬河决溜[2]。"或曰："声如震雷破山，泪如倾河注海。"

——言语第二

完全读懂名句

1. 广莫长风：吹不止息的北风。2. 悬河决溜：倾泻不止的河水整个溃堤流出。

有人问顾恺之："您如此敬重桓温，可以形容一下你伤心哭坟的样子吗？"顾恺之说："鼻息像长吹不息的北风，眼睛像倾泻水流的悬河。"接着又形容："哭声就像迅雷一样可以震破山岗，眼泪就像倾泻的河水一样注入大海。"

名句的故事

　　顾恺之字长康，小名虎头，晋陵无锡人，出身江南士族，博学而有才气，擅长诗赋，更是中国绘画发展史上的一代宗师。至于政途方面，顾恺之表现平平，为当时的大司马桓温重用为参军。顾恺之对于桓温的知遇之恩非常感激，桓温死后，他甚至伤心到哭坟。

　　世人称顾恺之有"三绝"，即才绝、画绝和痴绝，本章名句就是叙述其中的"痴绝"。哭得"鼻如广莫长风、眼如悬河决溜、声如震雷破山、泪如倾河注海"，顾恺之这样形容自己伤心难过的程度，显示他在情感上对桓温的"痴"，也足见他的文采非凡。

　　顾恺之与桓温之子桓玄，也时有往来。据说，顾恺之曾把自己最得意的一柜子的画作，贴上封条，寄放在桓玄的家中。当他准备去取画的时候，竟发现里面的画作都不见了。可想而知，这是桓玄将画偷走了。但是，顾恺之不作声，很慎重地将封条贴回去。离开桓玄的处所后，顾恺之告诉别人，他的画已经完美到可以成仙，所以和仙人一样到天上去了。从这个小故事，我们可以看到顾恺之重情重义的性格。

历久弥新说名句

　　根据《吕氏春秋》记载，所谓的"八风"是指："东北曰：'炎风'，东方曰：'滔风'，东南曰：'熏风'，南方曰：'巨风'，西南曰：'凄风'，西方曰：'飂风'，西北曰'厉风'，北风曰：'寒风'。"而本文所指的"广莫长风"也是古人所说的"八风"之一，《史记·律书》记载："广莫风居北方。"广莫风也就是北风，是一种寒风，顾恺之用广莫风来形容失去桓温的心情，就如北风一样寒冷。顾恺之用强烈的比喻，形容自己的哭声与眼泪，让我们感受到他的悲痛，怪不得人家说桓温是他的靠山。

唐朝诗人元稹的《八骏图》一诗，是描述周穆王得到八骏马后，荒废国政，到处巡游，甚至骑着八骏马去拜访西王母娘娘。元稹是这样形容的："鼻息吼春雷，蹄声裂寒瓦。尾掉沧波黑，汗染浮云赭。"我们似乎看到马儿们畅快驰骋、风沙飞扬起的场面。元稹对于声状、行状的形容也是采取强烈的笔法，让读者去感受穆天子遨游九州的壮志。

至于另一个有名的"哭坟"，就是戏曲"梁山伯与祝英台"的重要桥段。且看祝英台哭得捶胸顿足，惊动天地，梁山伯的墓穴终于应声裂开，祝英台不顾一切地跳下坟去，坟墓便再度合拢。转眼间两只彩蝶翩翩飞起，也为这场哭坟画下了完美的句点。

床下蚁动，谓是牛斗

名句的诞生

殷仲堪[1]父病虚悸[2]，闻床下蚁动，谓是牛斗。孝武不知是殷公，问仲堪："有一殷病如此不？"仲堪流涕而起曰："臣进退维谷。"

——纰漏第三十四

完全读懂名句

1. 殷仲堪：出身士族，善清谈，曾任荆州刺史。2. 悸：心跳。

殷仲堪的父亲得了虚弱的心悸病，听到床下蚂蚁走动的声音，竟然以为是牛在打架。晋孝武帝不知道这个人就是殷仲堪的父亲，就问他："有个姓殷的人真是病到如此吗？"殷仲堪泪流满面地起身说："微臣真是进退两难，不知道该怎么禀报。"

名句的故事

　　这个故事在《晋书》的《殷仲堪列传》有记载。殷仲堪出身陈郡世家大族，是当时有名的清谈大家，在《文学第四》里号称："每三日不读《道德论》，便觉舌本间强"。意思是说，一天不读老子的理论，就会觉得说话无法明达通畅。

　　殷仲堪在朝不仅是个勤政爱民的好官，在家中也是个孝子。殷仲堪因为自己的父亲卧病多年，便自学医术、研究药性，但身体不胜长期负荷之下，居然瞎掉了一只眼睛。后来他入朝为官，得晋孝武帝的信任。有一天，晋孝武帝突然提起有人重病到如此地步的传闻，想要向他求证，这教殷仲堪说也不是、不说也不是。后来晋孝武帝知道实情后，反倒为自己的肃突感到非常惭愧。

　　由这个名句衍生出的成语就是"殷师牛斗"，或者说是"蚁动牛斗"。蚂蚁跟牛，是如此差异之大的对照，仅仅只是蚂蚁在爬，居然会被当做是牛在打架；后人便用这两句成语，形容一个人已经到了重病虚幻的境地。而其中的"蚁动"，蚂蚁到处爬来爬去，则形容心情纷扰不安的样子。

历久弥新说名句

　　《淮南子·兵略》记述："攻城略地，莫不降下，天下为之麇沸蚁动。""糜沸蚁动"是比喻社会秩序很乱。这个记述说的是陈胜、吴广揭竿起义、反对秦始皇暴政的热烈场面。就在"糜沸蚁动"中带出了项羽精彩的出场点，并且在决定性的"巨鹿之战"中，让秦朝一蹶不振，也使得项羽自己登上西楚霸王的位置。

宋朝大文学家苏轼在《次韵乐著作野步》中写道："眼晕见花真是病，耳虚闻蚁定非聪。"其中的"耳虚闻蚁"跟本文中的"殷师牛斗"其实是一样的道理，生病已经虚弱到搞不清状况了。而唐朝文人皮日休在《早春病中书事寄鲁望》则说："眼晕见云母，耳虚闻海涛。"人头晕到以为看到云海了，虚弱到以为听到大海波浪的声音了，这也和"殷师牛斗"有异曲同工之妙。而此种写作手法引读者入胜，得以幻想文中的实景。

本是同根生，相煎何太急

名句的诞生

文帝[1]尝令东阿王[2]七步中作诗，不成者行大法[3]。应声便为诗曰："煮豆持作羹[4]，漉菽[5]以为汁。其[6]在釜[7]下然[8]，豆在釜中泣；本是同根生，相煎何太急?"帝深有惭色。

——文学第四

完全读懂名句

1. 文帝：魏文帝曹丕，曹操的儿子，逼迫东汉献帝让位，自立为王。2. 东阿王：曹植，封为东阿王。3. 大法：大刑，此处指死刑。4. 羹：烹调成浓稠食品。5. 漉菽：音lù shú，漉有过滤的意思，菽则是一种豆子的种类。6. 其：音qí，豆秸。7. 釜：锅子。8. 然：通燃，烧煮之义。

魏文帝曹丕曾经命令东阿王曹植在七步之内作一首诗，作不出来的话，就要动用死刑。曹植应声便作成一诗，意思是："煮熟豆子将做汤羹，过滤豆渣成为汤汁。豆秸在锅子下烹煮，豆子也在锅子里哭泣。原本都是同根所生，相互煎熬又何必这样急迫呢？"魏文帝听了深感惭愧。

名句的故事

历史上最让人耳熟能详的兄弟阋墙事件，莫过于曹丕、曹植两兄弟的故事。父亲曹操一介武夫，却也擅长作文章，特别欣赏儿子曹植天资聪敏又善于作诗。原本曹操特别偏爱曹植，甚至想将他立为继承人，此举引来长子曹丕的不满。因为曹丕才是长期陪伴着父亲东征西讨、过着简单刻苦军旅生涯的人。反观曹植，他以其文气闻名京城社交圈，过的是文人纸醉金迷的生活。曹操想将位子传给曹植，当然引起曹丕很大的反弹，也促使兄弟俩手足阋墙。其导火线更在美女——甄妃。曹植首先邂逅甄妃，坠入爱河，当他将其引荐给家人时，兄长曹丕也为之倾倒，展开追求。曹操得知后，认为兄弟感情若因为女人而搞坏，实在太不值得了，于是他下令将甄妃许配给曹丕。曹植情场失利，黯然离开京师。

然而，曹丕宥于曹植的情采并茂，始终都如芒刺在背，不断找机会想除去这个眼中钉。"七步成诗"的由来即是如此。这时曹操已经过世，曹丕还未正式篡位，还只是继承父亲封爵的魏王。即使曹丕已经掌握政权，他对于曹植头上的光环仍怀恨在心。于是在一次曹植做错事情之后，故意刁难，要他七步作诗。曹植于是吟出"本是同根生，相煎何太急"的千古名句。

这首诗是曹植的成名作，今存在版本收录于《世说新语》，却不见于曹植文集中，因此历来也有学者怀疑此诗乃为后人编纂，非本人所作。曹植以萁、其为例，暗喻兄弟俩本是一体，何苦自相残杀呢？曹植这招实在高明，既动之以情 又说之以理，让曹丕于情于理都拿他无法。但从另一角度来说，也是悲哀。曹丕、曹植是同父同母之兄弟，居然相忌成仇，不能友悌仁爱，因此，曹植发出"本是同根生，相煎何太急"的呻吟，多么地令人为之叹惋！

历久弥新说名句

相传三国时期曹植以七步成诗，此后"七步"常成为形容人才思敏捷的代言词，如才高七步。七步成诗之所以难，在于考验着个人的才华与巧思。在曹植七步诗的作品，最早是本篇名句所载之六句诗，但或许大家更熟悉的是另一个四句诗版本。其言："煮豆燃豆萁，豆在釜中泣。本是同根生，相煎何太急？"这个版本更广为流传，它浓缩了《世说新语》的精华，且更加简单、容易背诵。毕竟《三国演义》比《世说新语》来得普及，因此多数人对曹植七步诗的记忆皆来自《三国演义》。

中国历史上除了曹植七步成诗的壮举之外，尚有唐代史青的五步诗。唐开元年间，玄宗很欣赏有文才的人，因此史青上书给皇帝，自称自己比曹植才气纵横，只要五步之内就能成诗。玄宗或信或疑，于是下旨召见史青。史青来朝之后，发现旁边站满闻讯而来的公卿贵族，自知能否一举成名端看此次机会。玄宗命题为《除夕》，这个题目很普遍，太多人写过，反而更难发挥。但史青吐气云云之后，漫行五步，开口即吟："今岁今宵尽，明年明日催。寒随一夜去，春逐五更来。气色空中改，客颜暗里摧。风光人不觉，已入后园梅。"史青果然有两下子，点出除夕送旧迎新的韵味，且将冬去春来、万物更新的意涵发挥得淋漓尽致，完全不输给前人作品。此举果然赢得满堂喝彩，得到玄宗的赏识，当朝授与左监内将军一职。

宋代宰相寇准也是天资聪颖之人，写作诗词皆有奇才。他从小就极为聪慧，七岁时，曾在一次酒筵当中，与众宾客赋诗与会。众人以《华山》为题，互相赋诗吟咏助兴，小小的寇准，也参与赋诗。寇准才刚走了三步，忽然巧思一到，脱口就吟出一首五言绝句，其言："只有天在下，更无山与齐，举头红日近，回首白云低。"诗是最精炼的语言，只能用有限的字数表达出完整的诗意，对大人而言已是难事，更况孩童？但寇准他只用了寥寥数语，就说尽西岳华山雄伟险峭、严峻峥嵘的模样，让在场人士莫不拍手叫绝。

未知文生于情，情生于文

名句的诞生

孙子荆[1] 除妇服[2]，作诗以示王武子。王曰："未知文生于情，情生于文！览之凄然，增伉俪之重[3]。"

——文学第四

完全读懂名句

1. 孙子荆：孙楚，西晋时人。2. 除妇服：脱下妻亡之丧服，古代礼制，妻亡，夫为之服丧齐衰一年。3. 重：珍重、重视。

孙楚为妻子服满丧期之后，作了一首悼亡诗，拿给王武子看。王武子看完后说道："真不知是文由情生，还是情由文生！只知道看了你的诗之后悲伤难抑，也让我更珍重起夫妻情义。"

名句的故事

　　孙楚拿给王武子看的诗，是一首对妻子的悼亡诗，存于《孙楚全集》当中。诗云："时迈不停，日月电流。神爽登遐，忽已一周。礼制有叙，告除灵丘。临祠感痛，中心若抽。"意思是说，时间消逝毫不停留，日月穿梭宛如流电。神清气爽登高远眺，才突然惊觉已经过了一年。依循着礼制规矩，在你坟前祭拜。见着祠堂备感伤怀，内心传来一阵阵的抽痛。

　　这是孙楚在妻子胡母氏过世一周年时，到祠坟前祭拜时所写。孙楚的悼亡诗平易近人，毫不雕饰，读来却让人为之动容。因此朋友王武子看了之后才会说道："未知文生于情，情生于文！览之凄然，增伉俪之重。"

　　王武子主要是响应当时文风，过于重视字句雕琢、声韵、用典、对仗等文学技巧。《文心雕龙·情采篇》就批评当时的"诗人什篇，为情而造文；辞人赋颂，为文而造情"。矫情为文，矫揉造作，无法清楚表现文理。因此当他看到孙楚发于内心深处的思怀，表于文辞，不免为之凄然，浑然已不觉究竟是文生于情，抑或是情生于文了！《文心雕龙·情采篇》亦言："夫情者文之经，辞者理之纬。经正而后纬成，理定而后辞畅，此立文之本源也。"作者主张情感与辞藻是文学的经纬，但唯有情正才能要求辞成。因此若能如王武子所言"文生于情，情生于文"，情理交融，就是文学的最高境界。

历久弥新说名句

中国文学史中的悼亡传统，最早可以追溯到《诗经·葛生》。悼亡传统历经秦汉不衰，但篇幅零星。悼亡文学的第二期发展在魏晋南北朝，由于名士对于礼法的轻视，讲求感情自然地流露，对妻子的情爱也更加突显。孙楚在妻子过世之后，对她的缅怀即是一例。

唐代也出现不少的悼亡诗人，最著名如李商隐。李商隐在婚前，才情享誉全国，周旋于当时社交名媛圈中。然而，婚后对于发妻王氏非常钟青，变成居家好男人。虽然李商隐一生都抑郁不得志，但他与王氏还是携手共度了十几年美好的岁月。在王氏过世之后，李商隐写了一连串玄为难解的《无题》组诗，不仅用典艰涩、辞藻华丽，诗中难以排遣的郁郁情怀，都足见他对亡妻复杂又深刻的怀念。

除《无题》组诗外，关于王氏的悼亡诗还有不少，如《王十二兄与畏之员外相访见招小饮，时予以悼亡日近，不去，因寄》。这首诗名很长，主要是交代他为何不克赴约的原因。王十二兄与畏之员外，都是诗人的姻亲，王十二兄是亡妻的兄长，畏之员外则是诗人的连襟。两人造访并约李商隐一同去喝酒，但李商隐因为怀念妻子，心情不佳，于是婉拒。诗中缓缓道来他对妻子的悼念，其云："更无人处帘垂地，欲拂尘时簟竟床……秋霖腹疾俱难遣，万里西风夜正长。"这是夜里当诗人回到房间，恍惚之中赫然发现妻子已经不在，心中的怅然与落寞。窗外连绵的秋雨与诗人内心深处的伤痛，都难以抚平，只能在西风秋雨的夜里独自哀悼。

清代最为著名的词人——纳兰性德，他也是中国词坛重要的人物。可惜英才早逝，留给后人无限的追念。纳兰性德最扣人心弦的词，表现在对亡妻卢氏的爱情诗与悼亡诗。根据卢氏的墓志铭，可知卢氏知书达礼，温柔贤惠，纳兰性德常将妻子比拟为晋朝的才女谢道蕴。夫妻俩甜蜜幸福地生活，夫唱妇随。卢氏卒后，纳兰性德作了许多哀感词艳的悼亡词，来抒发他对妻子的思念。诸如《金缕曲——亡妇忌日有感》云："此恨何时已。滴空阶、寒更雨歇，葬花天气。三载悠悠魂梦杳，是梦久应醒矣。料也觉、人间无味。不及夜台尘土隔，冷清清、一片埋愁地。钗钿约，竟抛弃。"这首词是卢氏过世三年的作品，但词人所流露的伤怀、丧偶之痛，似乎依然难以平息。在亡妻忌日的夜里，纳兰性德辗转难眠，看着寒夜中的风雨，想着三年前佳人也如窗外的花儿般凋谢。寒冷的不仅是天气、坟台，更是词人凄婉的胸臆。回忆着过去两人相约相守的爱情盟约，如今又能到哪里寻找呢？

潘岳妙有姿容

——容貌形体

珠玉在侧，觉我形秽

名句的诞生

骠骑[1] 王武子[2] 是卫玠之舅，儁[3] 爽有风姿。见玠，辄叹曰："珠玉在侧，觉我形秽。"

——容止第十四

完全读懂名句

1. 骠骑：王济死后，朝廷追赠他骠骑将军，此处以之尊称。
2. 王武子：王济，字武子。3. 儁：通俊。

骠骑将军王济是卫玠的舅舅，容貌俊秀，神清气爽，很有风度。每次看到卫玠总是叹息道："有着像珠玉一般的人站在旁边，不禁自惭形秽。"

名句的故事

说起卫玠，他是三国时代卫瓘的孙子。卫玠是魏晋时期著名的美男子之一，风采秀逸，当时人都称他做"玉人"。卫玠的舅舅王济长相也不差，但每当与这个外甥站在一起时，不禁自惭形秽。这种心态即使到今日还是可以理解。人比人气死人，即使相貌堂堂，一旦遇到人外之人，也不禁只能慨然不已。因为王济是卫玠的舅舅，长辈说出"珠玉在侧，觉我形秽"，其实是带点玩笑意味，并不十分认真。

卫玠除了容貌俊美之外，本身也才器非凡，父祖辈皆是仕宦之人。他天资聪颖，再加上从小接受良好教育，先后担任太傅西阁祭酒、太子洗马等职位。年纪轻轻已经成功打入士人社交圈中。当时士人文化圈最流行的活动就是清谈，能否与人谈玄，关系着是否能跻身其中。卫玠更是其中翘楚，对于《易经》、《老子》、《庄子》都非常熟稔，与他谈辩的人也常常为之倾倒。包含当时最著名的清谈家王澄（字平子），听了卫玠的谈论也佩服绝倒不已。于是出现"卫君谈道，平子三倒"的说法，足见卫玠在此的聪明绝顶。更有人认为王澄及其两兄弟，虽在玄谈上都算高手，但"王家三子，不如卫家一儿"，三个加起来都还不如一个卫玠。

历久弥新说名句

中国对于人物，则从清谈、品藻来陈述其想。魏晋时期，由于人物品评活动的盛行，对于人的容貌仪态也甚为重视，是一个非常讲究美的年代。在这段时期，有关美男子的诸多成语不仅琳琅满目，而且清一色倒向俊美中性的白脸书生。诸如："美如潘安"、"面如凝脂"、"白面书生"等等，乃此时代持有的审美观。

魏晋时期的帅哥标准，一是要皮肤白皙，二是要个子高挑。他们的白，是要天生丽质，若无法自然白皙透亮的话，不得已只能靠后天加工"搽粉"。何晏与魏明帝曾有个逸事，何晏相貌姣好，皮肤白里透红。魏明帝怀疑他根本是涂抹了搽粉，于是故意在大热天里，要他吃热腾腾的一碗汤面。吃完后，何晏果然满身大汗，他随便举起衣袖擦脸，放下袖子后脸上依旧又白又亮。魏明帝至此才知道何谓"天生丽质难自弃"，何晏根本完全用不着擦粉。这个故事也就是"傅粉何郎"，后世形容美男子的典故。

其次，个子高挑的标准，倒也不难理解。身材挺拔，自然容易彰显潇洒脱俗的姿态。当时何晏、嵇康等人就因此被称之为"玉树"。史书记载卫玠年轻时，驱着羊车来到市集，见到他的路人都以为是看到了活生生会走动的"玉人"。魏晋时期喜欢用"玉"来形容男子翩翩风度，宛如玉树临风。

看杀卫玠

名句的诞生

卫玠从豫章[1]至下都[2]，人久闻其名，观者如堵墙。玠先有羸[3]疾，体不堪劳，遂成病而死。时人谓："看杀卫玠。"

——容止第十四

完全读懂名句

1. 豫章：位于今日江西，近南昌。2. 下都：指建康，今南京。3. 羸：音 léi，衰弱、困惫。

卫玠从豫章到建康时，附近的人都早已听闻他的名气，因此聚集观看他的民众团团围住宛如一堵城墙。卫玠先天身体就较虚弱，不堪负荷这种疲惫，不久就生病过世。当时人就传说，这是"卫玠被人看死了"。

名句的故事

　　关于卫玠如何死亡的记载，在《世说新语》中就有两种不同说法。一是夸张的说法——"看杀卫玠"。另外一则是在《文学》篇中，记载他因为西晋覆灭，避乱渡江南下，由于名声过大，一日拜访公卿贵族，夜坐清谈，达旦微言。回去之后，身体不堪负荷，病情加重，终而去世。卫玠由于天生赢弱，虽然对老庄思想甚为熟悉，也热衷于参与清玄谈风，但母亲为了他的健康着想，通常不允许他熬夜、清谈。不料，就此一次的劳神，便带走了他脆弱的生命。卫玠早在年轻时，就已经是京城闻名遐迩的"璧人"，只要一出门就有大批的群众争先恐后，想沾染他的光芒。若说"看杀卫玠"，那未免太过小看卫玠了。后者因劳累引发旧疾，可信度极高，但唯一的疑问在于其他书籍记载，卫玠死于豫章，而非下都。

　　卫玠过世之后，谢鲲听闻消息哀恸大哭，毫不遮掩，引来侧目。人家问他，为何会如此难过？谢鲲回答道："栋梁折矣，不觉哀耳。"他认为卫玠是国家的栋梁，如今去世，复国的希望又降低了一点。偏安局势安定之后，中兴大臣王导也深为感叹，提议应该将卫玠的坟茔改葬。或许就是因为天妒英才，才使得这样一个"内外兼备"的优异青年早逝。之所以会有"看杀卫玠"的传闻，或许是因为人们实在太舍不得他了，因此为他塑造出一个属于美男子式的绝美死法。

历久弥新说名句

　　"看杀卫玠"是夸张的形容方式。中国成语典故有关这种容貌姿态绝美的形容词倒也不少。例如汉代"倾国倾城"的李夫人。在汉武帝时期，雄才大谋的武帝，特别喜爱舞乐，从民间招揽来当时著名的音乐家李延年。一日李延年于创作的乐曲中唱到："北方有佳人，绝世而独立。一顾倾人城，再顾倾人国。宁不知倾城与倾国，佳人难再得。"此佳人便是后来的李夫人，成为汉武帝一辈子最爱的女人。

　　还有一则苏东坡的逸事，在宋人的笔记小说中曾记载，苏东坡从贬谪地海南岛归来时，由于天气过热中暑，因此他头上戴着帽子，身上也只穿着薄薄的衣裳，拉起衣袖，坐在船上。由于苏轼实在太过有名，听闻他将经过，河道两岸挤满了许多观众，聚在一起看他。东坡左右看看，无奈地对着同船的人说："莫看杀轼否？"（我应该不会被看死吧？）苏大才子果然堪绝，在这种时候想到的是"看杀卫玠"的典故！

潘岳妙有姿容

名句的诞生

潘岳妙有姿容，好神情。少时挟弹[1]出洛阳道，妇人遇者，莫不连手共萦[2]之。左太冲[3]绝丑，亦复效岳游遨，于是群妪[4]齐共乱唾之，委顿[5]而返。

——容止第十四

完全读懂名句

1. 挟弹：腋下夹着弹弓。2. 萦：围绕。3. 左太冲：左思。4. 妪：上了年纪的妇女。5. 委顿：垂头沮丧。

潘岳有姣好的容貌与优雅的神态风度。年轻时夹着弹弓走在洛阳街上，遇到他的妇人们莫不联手围绕着他。左思状貌绝丑，却也想要效法潘岳游街。路上的妇人遇到他却相继唾弃、不屑，让左思垂头丧气地回去。

名句的故事

潘岳是中国史上著名的美男子，其实他更出名的是另外一个名字"潘安"。潘岳，字安仁，他不仅相貌堂堂，也能诗善文，辞藻绝丽，灿若披锦，文才并茂，是当时仕女们追逐的偶像。这则故事即写于潘岳的少年时代，每当他路过街市，就宛如今日偶像签唱会般聚集人潮。特别的是，年纪轻的小女生羞怯不敢示情意，年纪较大的妇人就毫无拘束，大方地围绕着年轻小帅哥，"虩"个几句也好。

其实这个故事还有另外的版本，在《晋书·潘岳传》中说，潘安每次出门妇女们围绕着他，纷纷丢掷着水果送他，让他每次都满载而归。在此书中则是举张载作为反例，张载虽文采甚丰，相貌却丑陋无比；但他的下场更惨，光只是出门，乡里的小孩们就纷纷对他扔掷石头，打得他满头包只好躲回家。

不过潘岳除了容貌可取之外，本身的才学也不容小觑。他的一生随着仕宦起起伏伏，最后也没有善终。由于他娶的是当权势力杨骏的女儿，随着岳父势力衰退，他也跟着被放逐。沉静几年之后，又因为个性轻躁，又急于趋利，得罪孙秀，甚至卷入西晋八王之乱，最后被杀害而亡。

历久弥新说名句

本篇名句"潘岳妙有姿容"，常转化成"潘岳貌美"的成语，后来也成为诗文中美男子的代称。在王实甫《西厢记》中，男主角张君瑞就曾自谦："小生无宋玉般容，潘安般貌，子建般才"。宋玉与潘安都是历史上的美男子，子建指的是曹植——曹子建。

宋玉是春秋战国时期的人，生于南方楚国，继承发扬屈原所创的赋体。《登徒子好色赋》中，描述登徒子与宋玉一同在楚国宫廷工作，登徒子向楚王告状，指称宋玉虽然相貌姣好，却很好色，让他在宫廷工作很危险，哪天偷偷跑到皇帝后宫，后果将不堪设想。楚王听了赶紧将宋玉找来问话，宋玉回答："体貌乃天生，并非后天矫饰。"至于好色，宋玉更是疾声辩解，说他家隔壁有个大美女隔着墙窥伺他三年，他也不曾心动，反而觉得登徒子更好色。楚王探问为何，宋玉回答说："登徒子的妻子蓬头垢脸，唇厚齿裂，走路还一跛一跛，身上还有疥疮、痔疮。登徒子还跟她生了五个小孩。岂不是更好色吗？"这即是"登徒子"的典故。故事中的"邻女窥墙"，后来也用于形容美男子魅力无法挡，让隔壁邻居也情不自禁地偷窥他。

蜂目已露，豺声未振

名句的诞生

潘阳仲[1]见王敦少时，谓曰："君蜂目[2]已露，但豺声[3]未振耳。必能食人，亦当为人所食。"

——识鉴第七

完全读懂名句

1. 潘阳仲：即潘滔，字阳仲，有文才，曾任太子洗马。
2. 蜂目：突起如蜂的双眼，意指狰狞的相貌。3. 豺声：比喻恶人的声音凶猛如豺。

潘阳仲曾在王敦年少时见到他，当时便向他说："你的'蜂目'已经显露，但是'豺声'还未出现。你将来一定有本事吃掉别人，当然也可能被别人吃掉。"

名句的故事

"蜂目豺声"是形容一个人极为凶残。再者，这句名言也反映出魏晋时期对于人物品评的重视，显示中国古代面相理论的实用性，我们可以从人的外表看出一个人的性格特色。

王敦、王恺、石崇三人以奢侈著称。有一次，王敦前往王恺的府上做客，王恺让美女伺候客人喝酒，客人如果不喝的话，就要杀掉美人。轮到王敦时，他居然不喝就是不喝，美人这下惶恐起来了，但王敦还是视而不见。根据《世说新语》记载，王敦到石崇家做客时，就让石崇连杀了三个美人。

由此不难发现王敦性格中残忍无情的一面，宁可让人受死，也不愿意喝下一杯酒救人一命。一般的相书中描述，蜂目是指一个人的眼泡凸出，睛光外漏，这种人通常阴险凶狠，终生孤独且不得善终；而有像豺狼一般的声音者，通常个性凶残顽固、刻薄寡恩。

事实上，东晋"王与马，共天下"的时候，王敦已经蠢蠢欲动，后来王敦起兵叛变，不料却突然生病死去。晋明帝平定王敦的余党之后，竟挖开王敦的坟墓，拖出他的尸体、烧掉他的衣服，还砍下脑袋，悬挂在南桁。王敦的死状非常惨烈，当时的人却认为这是他罪有应得。

历久弥新说名句

据《史记·楚世家》记载，春秋时期的楚成王想要立长子商臣为太子时，有点犹疑不定，因此询问令尹子上的意见。子上告诚楚成王："楚国之举常在少者。且商臣蜂目而豺声，忍人也，不可立也。"意思是说，楚国的储君通常是立比较年轻的儿子，而不是立长子，更何况商臣蜂目豺声，是一个残忍的人，不能选这样的人为储君。楚成王当时听不进去子上的劝诫，执意立下商臣为太子；然而不久之后便后悔了，想要罢黜太子。没想到商臣得知这个讯息，决定先下手为强，发动政变杀死了自己的父亲，继位为楚穆王。

再看战国时期，当六国采用韩非的"合纵政策"时，秦王政决定接受尉缭的建议，用钱贿赂六国的大臣，瓦解他们的合作策略，从中取得实质的利益。尉缭虽然受到秦王无上的礼遇，但是却明智地点出："秦王为人，蜂准，长目，挚鸟膺，豺声，少恩而虎狼心，居约易出人下，得志亦轻食人。"他认为，秦王政这个人的面相是刻薄寡恩之徒，可以共患难，却无法共享乐，因此还是离开秦国的好。只是尉缭还没出函谷关，就被秦王政挽留回来，后来与李斯一起为秦王政共谋天下。

蒲柳之姿，望秋而落；
松柏之质，经霜弥茂

名句的诞生

顾悦[1]与简文[2]同年，而发蚤[3]白。简文曰：'卿何以先白？'对曰："蒲柳[4]之姿，望秋而落；松柏之质，经霜弥茂[5]。"

——言语第二

完全读懂名句

1. 顾悦：字君叔，晋陵人，官至尚书左丞。2. 简文：晋简文帝，即司马昱。3. 蚤：同早。4. 蒲柳：一名水杨，质性柔弱，树叶早落；用来比喻体质衰弱。5. 经霜弥茂：受霜雪的侵凌而更加茂盛。

顾悦和简文帝同年龄，但已经头发斑白。简文帝对顾悦说："你的头发怎么先白了？"顾悦回答道："我就像蒲柳，刚到秋天

191

就已经落叶凋零，您却像松柏一样，经历秋霜冬雪越发茂盛。"

名句的故事

　　顾悦的儿子顾恺之所作《顾恺之家传》提到，顾悦去见简文帝，顾悦的头发已经斑白，而简文帝是鬓发皆黑，问了顾悦的年纪，知道两人同年龄，才有以上的对话。简文帝司马昱，在位两年，死时 53 岁，两人见面应该都是五十出头的中年人，发黑显得神采奕奕，发白的人相对显得较衰老，顾悦以蒲柳比喻自己的早衰，以松柏形容简文帝的硬朗，是极佳的譬喻，这番话也得到简文帝的称赞。

　　早在《论语·子罕篇》中"松柏后凋"已经具有象征性的意义，孔子说："岁寒，然后知松柏之后凋也。"是比喻君子人品坚贞，气节高超。魏时王昶则举"朝华之草，夕而零落；松柏之茂，隆寒不衰"来说明"物速成则疾亡，晚就则善终"，用朝开晚谢的草木和长青的松柏相对照，以表现事物的盛衰久暂。顾悦"蒲柳"与"松柏"的比喻，即是从这样的意象而来。

　　顾悦借"蒲柳"的质性柔弱与树叶早落，来比喻自己体质的衰落，也暗喻身份的卑微；借"松柏"的岁寒长青，经霜愈茂，不但比喻简文帝的烨然神采，也暗喻身份尊贵、人品高超。将抽象的道理具体化，将无形的赞美形象化，在华丽对称的骈偶句中，洋溢着天然的雅趣，颇具魏晋名流清音妙谈的意味。

历久弥新说名句

"蒲柳之姿"常用来比喻体质的孱弱，明代汤显祖《牡丹亭·第五出延师》杜丽娘拜见老师，便谦逊地说："学生自愧蒲柳之姿，敢烦桃夭之教！"清吴敬梓《儒林外史·第三十五回》庄征君见徐侍郎道："山野鄙性，不习车马之劳，兼之蒲柳之姿，望秋先零，长途不觉委顿，所以不曾便来晋谒。"都是主角自谦身体衰弱的意思。近代的言情小说中也常见"蒲柳之姿"一词，但大多用来形容女子的体态，也有韶光易逝、红颜易老的意思。

唐代的韩愈也因为"蒲柳之姿"而早生白发，起先是"吾年未四十，而视茫茫，而发苍苍，而齿牙动摇"，一年后更"苍苍者或化为白矣，动摇者或脱而落矣"。年仅四十而发白齿落，确实是体弱不堪。宋人苏轼则因为文人的多愁善感而使白发早生，《念奴娇·赤壁怀古》词："故国神游，多情应笑我，早生华发。"嘲笑自己神游三国旧地，犹自多情善感地向往那些英雄人物，难免使头发都花白了。

未若柳絮因风起

名句的诞生

　　谢太傅寒雪日内集[1]，与儿女讲论文义[2]，俄而[3]雪骤[4]，公欣然曰："白雪纷纷何所似？"兄子胡儿曰："撒盐空中差可拟。"兄女曰："未若柳絮因风起。"公大笑乐。即公大兄无奕女，左将军王凝之妻也。

——言语第二

完全读懂名句

　　1. 内集：家人聚会。2. 文义：文章内容。3. 俄而：不久。4. 骤：又大又急。

　　太傅谢安在一个寒冷的下雪天里召集家人，与儿女、子侄辈们谈论文理。不久，外头下起了大雪，谢安兴致一起，问道："白雪纷纷像什么？"谢安兄长的儿子胡儿回道："差不多就像撒一把盐在空中。"兄长的女儿则道:"不如说是细嫩的柳絮随风扬起。"谢安非常满意地笑了。这位才女正是谢安长兄谢无奕的女儿,后来嫁给左将军王凝之为妻。

名句的故事

关于谢安的故事,最著名的莫过于他以谋略,成功对抗北方苻坚所率领的前秦大军南下。由于北方蛮族善于游牧打仗,南方人却连骑马都不甚熟练,以东晋的兵力要对抗北方大军,光是兵额的悬殊就足以使东晋政权岌岌可危。表面上,谢安似乎毫不紧张,虽然与北方敌人仅一水之隔,却在家里与客人从容地下围棋。即使当他收到驿站传来的第一手捷报,看完之后也没露出任何高兴的表情,将传书放到一旁,与客人继续下棋,一切宛如云淡风轻。对面的客人还以为战败了,考虑是否要回家收拾行李,谢安才徐缓回答:"赢了啦!"等到客人回去之后,谢安才回到房间。由于心里实在太高兴了,居然连木屐断了都没注意到,可见他内心的欢愉!后代以"谢安折屐"的成语,来形容遇到美事而故做镇定、压抑喜悦的样子。

因为一句"未若柳絮因风起",让谢道韫留名青史。谢道韫出身于世家大族,谢氏乃是当地高门,家中女子也多受教育,遵守礼法的规范。谢道韫当时以诗、赋、诔、颂著名于世,她后来嫁给了王凝之,王凝之出身琅琊王氏,也是当时第一流的高门士族,门当户对。

历久弥新说名句

清人曹雪芹的《红楼梦》中，在最初贾宝玉梦游仙境时，仙姑指引带着他游历"太虚幻境"。在这幻境里，有数十个大橱柜，宝玉随手拿起金陵十二金钗的别册，他翻阅的册子正是人世间与他交集最深的 12 位女子。这些别册实际上也预言着她们最后的下场，只是贾宝玉此时还不知道而已。其中一页画着两株枯木，木上悬着一圈玉带，又有一堆雪，雪下有一枝金簪，旁边则题有四句词。其言："可叹停机德，堪怜咏絮才。玉带林中挂，金簪雪里埋。"这一页正是写着故事中的两位才女——林黛玉与薛宝钗，两人皆有"咏絮才"，可惜最后下场都不好。黛玉心死情断、夭年早逝。宝钗虽得与宝玉共结连理，却只得到痴痴傻傻的丈夫，最后贾家抄家败亡，就算是咏絮之才也无力回天。

由于谢道韫以柳絮来比喻扬扬白雪，成为佳言，后世遂常用"咏絮"来称赞才女，也成为咏柳、咏雪的典故。

传神写照，正在阿堵中

名句的诞生

顾长康[1]画人，或数年不点目精[2]。人问其故，顾曰："四体[3]妍蚩[4]，本无关于妙处，传神写照[5]，正在阿堵[6]中。"

——巧艺第二十一

完全读懂名句

1. 顾长康：顾恺之字长康，小字虎头，晋无锡人，博学多能，尤以善画名传后世。2. 目精：眼睛的精光，指眼神而言。3. 四体：四肢。4. 妍蚩：美丑。5. 传神写照：传达神情摹写人像。6. 阿堵：当时的俗语，意为"这个"，此处指眼神。

顾恺之画人像，有时间隔数年还不点上眼睛。别人问他什么缘故，他说："四肢的美丑和画的妙处无关，要表达人物的神情意态，就在这对眼睛上。"

名句的故事

魏晋时期承袭汉代的人物鉴识，认为通过外形可以察知内在的精神，而人的精神往往由眼神来表现。人物品藻的角度也影响了人物画，在画人像时也着重表现人物的个性情感和精神风貌，要求"传神写照"、"气韵生动"，才能捕捉画中人物的内在精神。

顾恺之是东晋时候有名的画家，尤以人物画像最为擅长。顾恺之画人像即以"传神写照"为最高境界，"写照"是画家所描绘的客观形象，"传神"即透过形象表现出画中人物蕴藏的内在精神。

"传神写照"的精微表现"正在阿堵中"，阿堵，是当时的俗语，意为"这个"，此处指的就是眼睛的神采，画人物要"点睛"才能"传神"。同样的看法也可由《书钞》上记载的故事略窥端倪，顾恺之为别人画扇子，画了嵇康、阮籍，都不点眼睛，便送还给扇子的主人，说："点上眼睛便能说话了。"顾恺之认为点睛以后画中人便有了生命。后世以"传神阿堵"表示绘画生动逼真，能充分表现事物的神情意态。

历久弥新说名句

画家"点睛"的故事一向为后人所津津乐道。据《建康实录》记载：瓦官寺刚盖好的时候，寺僧拿出捐款簿向达官显贵募款，当时士大夫的捐款没有超过 10 万钱的，轮到顾恺之的时候，他竟然大笔一挥认捐 100 万。顾家素来清贫，大家认为是顾恺之说大话。顾恺之请寺院为他备妥一面墙，经过一个多月的努力，画了一尊维摩诘图像，壁画完成准备要点睛的时候，顾恺之对寺僧说："第一天来看画的，请他们捐十万；第二天来看画的，请他们捐五万；第三天以后来看画的，可以任意捐献。"为了要看顾恺之点睛的神来之笔，来看画的人非常踊跃，很快就筹满了一百万钱。

另一个有名的"画龙点睛"故事，发生在南北朝时。据《历代名画记》记载：名画家张僧繇在金陵安乐寺的壁上画了四条龙，但都没画上眼睛。他说："若点上眼睛，龙就会腾空飞去。"有人认为这是荒唐的妄想，仍坚持请他给龙点眼睛。张僧繇点了两条龙的眼睛后，不一会儿，电闪雷鸣，这两条龙就驾云腾空飞去，未点眼睛的那两条龙还留在原处。后世以"画龙点睛"比喻绘画或写文章时最重要的一笔，能使整体更加生动传神，也用来比喻做事能把握要点。

手挥五弦易，目送归鸿难

名句的诞生

顾长康道画："手挥五弦易[1]，目送归鸿难[2]。"

——巧艺第二十一

完全读懂名句

1. 手挥五弦易：谓作画时，表现动作的笔法比较容易。
2. 目送归鸿难：指摹写人物的表情神态比较困难。

顾恺之说：画"手挥五弦"容易，但要画"目送归鸿"困难。

名句的故事

顾恺之是东晋时候有名的画家，他工诗善画，博学多能，有

"才绝、画绝、痴绝"之称。他的画作线条均匀而有节奏，像一根丝一样连绵不断，被称为"春蚕吐丝"。他能把旧的题材重新构图，用新的方法表现，也能根据当时人的文章，创造新的绘画，他的《女史箴图》、《洛神赋图》、《列女传图》现在还能见到唐宋人的摹本。

"手挥五弦，目送归鸿"是竹林七贤之一的嵇康所写《赠秀才入军》中的诗句，既充满动感的张力，又显得洒脱飘逸，实中有虚，雅致优美，表现了独特的意境。顾恺之想为这首诗作图，但觉得难度不小，他认为要画"手挥五弦"的具体形象容易，画"目送归鸿"的抽象意境比较困难。因为要掌握"目送"的微妙神态，确实需要很深的功力，才能引起观赏者的共鸣。

中国绘画艺术的特色，在于一切艺术形式都必须超越技巧，传达出作者的思想、情感，图画才能显得有意境富神韵。顾恺之主张绘画要"以形写神、以神统形"，在形似的基础上进而显现人物的情态神思，能表现人物的精神状态和性格特征。

历久弥新说名句

中国古代画家如顾恺之等人，常把有名的文学著作用具体的方式转换为图像，将文学上的想象转变成美术绘画上的形象这个过程和现代的电影导演有几分相似，动态神韵的掌握让画中人的生命跃然纸上，进而引起观赏者的情感交流。台北故宫博物院收藏了一幅宋代马麟的《静听松风图》，画面上有一个文人，坐在一棵老松树下，侧耳倾听。松树的树梢上，松叶和长长的葛藤，都被风吹起。我们透过画中人物的表情、松树的姿态，好像也真能听见风从松叶中吹过的声音。

画什么最容易？画什么最困难？《韩非子·外储说左上》记载这么一个故事：

有一个画师为齐王作画，齐王问他："画什么东西最难？"画师回答："画狗和马这样的动物最难。"齐王又问："那画什么东西最容易呢？"画师说："画鬼怪最容易。因为画狗和马这些动物，大家都见过，不容易画得让人信服，所以特别难。而鬼怪这一类人们看不见的东西，没有人知道应该是什么样子，随你怎么画都行，所以就容易了。"

宁为兰摧玉折，
不作萧敷艾荣

——处事原则

富与贵是人之所欲，
不以其道得之不处

名句的诞生

桓公初报破 殷荆州．曾讲论语，至"富与贵是人之所欲，不以其道得之不处"。玄意色甚恶[2]。

——尤悔第三十三

完全读懂名句

1. 破：打败。2. 意色甚恶：脸色很难看。

当桓玄刚得到打败殷仲堪的消息时，曾在讲解《论语》，他正讲到"财富与尊贵是人人都想得到的，但若不是以正当方法取得，是不可以接受的。"桓玄讲完，脸色极为难看。

名句的故事

桓玄是东晋权臣桓温之子。桓温于晋废帝太和六年（公元371 年）废帝，改立晋简文帝，自己任大司马专擅朝政，当时桓家可谓权倾一时。殷仲堪为世家大族出身，入朝为官后，深得晋孝武帝信任，后被拔擢为荆州刺史。

当晋孝武帝一去世，晋安帝即位，政局呈现一片混乱，丞相司马道子父子在朝中相继专权，桓玄和殷仲堪担心朝廷免除其职，收回他们手上的兵权，为求自保，两人决定于晋安帝隆安二年（公元398 年）结盟，共同谋划起兵。

不过，桓玄与殷仲堪之间，彼此都是心存猜疑，唯恐对方先背叛自己，各自暗藏鬼胎；隔年，隆安三年（公元399 年）桓玄攻下荆州，消灭殷仲堪的大军，占领长江中游一带，此后，桓玄的势力更加坐大。

这篇描写桓玄攻打昔日盟友殷仲堪时，桓玄正在与人讲述《论语》："富与贵是人之所欲，不以其道得之不处。"此时，刚好获悉自己的军队打赢殷仲堪。桓玄一想到殷仲堪是"不以其道"而得到富贵，才落得今日惨败下场，脸上不免露出极为厌恶的神情。

历久弥新说名句

东晋桓玄在与殷仲堪作战的当下，还能不忘与人高谈《论语》，可见当时清谈风气之盛。《论语·里仁》孔子曾言："富与贵是人之所欲也，不以其道得之不处也。贫与贱是人之恶也，不以其道得之不去也。"意指富贵是人们所想要的，但若不是依循正道而得，君子是不会接受那样的富贵。相对地，贫贱是人们所痛恨的，但若无法依循正道摆脱，君子也不会舍弃原本的贫贱。

《庄子·至乐》云："夫天下之所尊者，富贵寿善也。"其后又言："夫富者，苦身疾作，多积财而不得尽用，其为形也亦外矣！夫贵者，夜以继日，思虑善否，其为形也亦疏矣！"庄子认为天下人所看重的，无非是财富、显贵、长寿以及名声。只是富有的人，大都身心劳苦，累积了大量金钱也未必能好好享用，这样对待生命实在太见外了！至于显贵的人，总是日夜不休在思虑政策对错，这样对待生命也过于生疏了！庄子意在表明，人为了追求所谓的"富贵"，却把生活弄得颠倒错乱，纵使最后有了"富贵"，也差不多无"命"消受了，这样的人生还有什么意思呢？

换言之，孔子和庄子都了解人皆欲求在"富贵"一事。不同的是，孔子强调"以其道得之"的富贵是可以接受的；而庄子则是主张"苦身疾作"、"夜以继日"地去汲汲富贵，根本在耗损人的身心，还不如无富无贵一身轻，活得逍遥又自在！

焉得登枝而捐其本

名句的诞生

　　殷仲堪既为荆州，值水俭[1]，食常五盌盘[2]，外无余肴，饭粒脱落盘席间，辄拾以啖[3]之。虽欲率物[4]，亦缘其性真素。每语子弟云："勿以我受任方州，云我豁[5]平昔时意，今吾处之不易。贫者，士之常，焉得登枝而捐其本？尔曹其存之。"

——德行第一

完全读懂名句

　　1. 水俭：水涝成灾，农作物无法收成。2. 盌盘：碗盘。盌，wan，同"碗"字。3. 啖：音 dàn，吃。4. 率物：为人表率。5. 豁：不顾、舍弃。

　　殷仲堪担任荆州刺史，遇到水涝成灾，农作物收成不好，每餐要吃五碗饭，盘子外没有残留菜肴，饭粒掉落到盘席间，立刻捡起来吃进口中。这种行为虽堪称人民表率，其实也因为他本性真诚朴素的缘故。殷仲堪每每告诉弟子说："不要以为我担任刺史，就说我忘记过去艰苦的心意，现在我能处在这个位置着实不易。贫穷，是读书人常有的现象，人怎么可以登上枝头后，就舍弃原来的根本呢？你们应牢牢记住这一点。"

名句的故事

殷仲堪升任荆州（今湖北江陵）地方首长，语重心长地告诫属下，人在飞黄腾达之后，绝不可得意而忘源；此番言行本应令人敬佩效法，毕竟大多数的人，拥有了名利官爵，很快就会忘记自己原来的出身，内心也随之骄奢矜功起来。

不过，据《晋书·殷仲堪传》所记："仲堪少奉天师道，又精心事神，不吝财贿，而怠行仁义，啬于周急。"可见殷仲堪虽然三餐饮食俭朴，却舍得花费大笔金钱奉请天师道，心力精神也全寄放在崇神一事。尤其最被诟病的是，在担任荆州地方首长任内，当地发生严重水灾，他竟可以完全不做任何补救措施，任由千户居民饱受水患之苦，导致民不聊生，怨声载道。相较之下，殷仲堪为人克己自律、惜物节俭的"美德"，与真心替百姓设想的"仁民爱物"，还相差一段很长的距离，故史书直批其"纲目不举，而好行小惠"，显见此人官宦生涯的不适任。

历久弥新说名句

《论语·卫灵公》孔子曾言："君子固穷，小人穷斯滥矣。"孔子意在阐述有德的人，能够固守安贫乐道的生活，至于无德的人，一旦遇到贫困窘境，立刻就想要胡作非为了。此话也可引申为，有德之士不管是登上枝头或身陷困厄，都能坚守自己的原始初衷，不会因所处位置的身份高低，而动摇本心。

有人则用"贵人多忘"来讥讽那些原本出身清苦，有朝一日功成名就后，即翻脸不念旧日交情者。初唐文人陈子昂，在其《薛大夫山亭宴序》中写道："夫贫贱之交而不可忘，珠玉满堂而不足贵。"意思是说，人在贫困落难时所结交的朋友，是不可舍弃忘记的；一屋子堆积了琳琅满目的珠宝珍玉，也不足以显示住在屋内的人有尊贵涵养。说明了人若忘本，不管坐拥多少财富，也称不上是真正的尊贵，这亦可视为陈子昂对于做人不可"登枝捐本"的更深一层诠释。

宁为兰摧玉折，
不作萧敷艾荣

名句的诞生

毛伯成既负[1]其才气，常称："甯[2]为兰摧玉折，不作萧敷[3]艾荣。"

——言语第二

完全读懂名句

1. 负：恃也。凭恃、凭借。2. 甯：同"宁"字。3. 敷：散布、蔓延。

毛玄既已自恃本身的才气，时常说道："宁愿为兰草受到摧残，玉器遭到折断，也不愿像萧草到处蔓延，艾草繁茂旺盛。"

名句的故事

毛玄，字伯成，东晋末年人，曾为征西行军参军，负责参谋军务工作，也是一位诗人。南朝梁人钟嵘著《诗品》，堪称中国第一部论诗之作，其评论毛玄诗作"文不全佳，亦多惆怅"，意指毛玄的诗并不全写得好，诗风多有伤感悲愁的倾向。

《世说新语·言语》记叙毛玄因自恃其才，说出"宁为兰摧玉折，不作萧敷艾荣"，意喻自己宁可为清高贤才而夭折，也不愿平凡长寿地久活人世，言语充满对自己品德操守的深切期许。而毛玄这番自我期许箴言，因前后两句对仗工整，正可互为对句，时被后人引作对联佳句。

毛玄这种句法，早在《战国策·韩策》已出现相似用语，主张六国合纵以对付秦国的苏秦，前往韩国说服韩宣王时，他说了一句古谚："宁为鸡口，无为牛后"，暗指韩宣王身为堂堂一国之君，难道愿意卑屈地跟随牛（秦国）尾巴的后面吗？因而成功地打动韩宣王加入合纵阵容。如今，我们经常听到"宁为玉碎，不为瓦全"，其意与毛玄"宁为兰摧玉折，不作萧敷艾荣"完全相同，仅差别在喻依（一为玉、瓦；一为兰玉、萧艾）不同，都是意指品格高洁的人，宁可牺牲生命，保全自己的节操，也不愿卑微或品德有瑕疵地活在世上。

历久弥新说名句

古人很早就把"玉"视为有德君子的象征。如《诗经·秦风·小戎》云："言念君子，温其如玉。"《管子·水地》也写有："夫玉折而不挠，勇也。"又《孔子家语·问玉》记载孔子曾言："夫昔者君子比德于玉，温润而泽，仁也。"可见自古以来，读书人对玉的钟爱程度，认为玉足以代表人的美好品德。

至于香气清幽的"兰"也是一样。战国楚人屈原作《离骚》，其中云道："户服艾以盈要兮，谓幽兰其不可佩。"又言："何昔日之芳草兮，今直为此萧艾也。"直指楚国人把早贱的艾草挂满腰际，却直说芳香的幽兰不可佩带；又说昔日那些芬芳的香草，为何如今全成了萧艾这类贱草！诗人以"兰"喻比自己对楚王的一片忠心，而以四处横生的"萧艾"，喻比围绕在楚王身边的众多小人。

南朝宋时文人颜延年，其《祭屈原文》写：'兰熏而摧，玉缜则折。"作者借兰花的高雅芬芳，玉的纯白无瑕，媲比屈原的高尚品德，又以"兰摧"、"玉折"突显屈原最后宁可选择葬身鱼腹，也不愿与众人合流的高贵情操。日后比喻贤德君子夭折，或哀悼年轻男子不幸身死，也可用"兰摧玉折"作为吊词或挽联；若是年轻女性不幸夭逝，则可改以"兰摧蕙折"作哀挽之词。

虽不言，而四时之气亦备

名句的诞生

谢太傅绝重[1]褚公，常称"褚季野虽不言，而四时之气亦备[2]。"

——德行第一

完全读懂名句

1. 绝重：至为推重。2. 四时之气亦备：本指一年四季的气象。后来用来比喻人的气度弘远。

谢安非常推崇褚衮，时常对人说道："褚季野虽然不说话，可是展现出的气度弘远，人格完备。"

名句的故事

谢安，字安石，是东晋政治家兼军事家，出生名门，早期曾做过一个多月的官，旋即辞职求去；后来长期隐居东山，直到40岁，终于才答应出任司马一职，从此人们把谢安重新出来做官称之"东山再起"。

至于被谢安至为推崇的褚裒，字季野，与谢安同为东晋人。《晋书·褚裒传》记载："裒少有简贵之风，冲默之称。"可见褚裒在年轻的时候，外表看来朴实简约，却不减其内在散发出的贵气，即使没有开口说话，也能让人感受他的修为涵养。正因如此，谢安才常向人提起自己非常敬重褚裒。

历久弥新说名句

晋人谢安极力称许褚裒"虽不言，而四时之气亦备"，其中"不言"正与《老子》所说的"不言之教"意思相同。《老子·第二章》中写道："是以圣人处无为之事，行不言之教。万物作焉而不辞，生而不有，为而不恃，功成而弗居。"意指有德的人是以无为的态度，来处理众人之事，而不是用言辞教导；他任由万物成长而不加以干涉，生养万物而不据为己有，作育万物而不恃傲己力，成就万物而不居己功。总而言之，在老子的心目中，一个真正有作为的人，是以"不言"来平治天下的。

老子思想的最佳诠释者庄周，其出生年代晚了老子好几百年，大约在东周战国时期，与发扬孔子思想的孟子，正好处于同一时代。庄周在《庄子·德充符》也提到了"不言之教"，其文为："立不教，坐不议，虚而往，实而归。固有不言之教，无形而心成者邪？是何人也？"在这一段话里，庄周刻意虚构出一个身体残障的人，描述其门下弟子众多，直逼人人尊敬的孔子，此人站着不作教诲，坐着也不妄加议论，人们原本空虚前往，却都能从他那里满载而归。有人对此即提出了疑问："难道这世间真的有不用言语的教导吗？也有超脱形式、仅依赖心灵的感化吗？这到底是一个怎样的人呢？"语意充满对此人的一心向往。

一般人觉得"残"就是一种"缺陷"，在庄子那个年代更是如此。在当时，一个人如果外表有残疾，表示他可能犯错受到刑罚，或是先天本来残疾的缘故。众人对这样的人多抱以异样眼光，但庄子却特别喜欢引外形残缺不全的人为例，强调其品德的完美，借以彰显一般人只重视表面的"形全"，因而忽略了内在的"德全"才是最重要的。

明镜疲于屡照，
清流惮于惠风

名句的诞生

孝武[1]将讲孝经，谢公兄弟[2]与诸人私庭讲习。车武子[3]难苦问谢，谓袁羊[4]曰："不问则德音有遗[5]，多问则重劳[6]二谢。"袁曰："必无此嫌[7]。"车曰："何以知尔?"袁曰："何尝见明镜疲于屡照，清流惮[8]于惠风[9]!"

——言语第二

完全读懂名句

1. 孝武：晋孝武帝司马曜，简文帝第三子，在位24年。
2. 谢公兄弟：指谢安与谢石。3. 车武子：车胤字武子，南平人。累迁丹阳尹、护军将军、吏部尚书。4. 袁羊：袁乔之小字，陈郡人。历尚书郎、江夏相，封湘西伯，益州刺史。5. 德音有遗：对于他的嘉言有所遗漏。6. 重劳：太过劳苦。7. 嫌：疑。问题的意思。8. 惮：怕、畏惧。9. 惠风：和风。

孝武帝准备开讲《孝经》，谢安、谢石兄弟和众人先在家里研讨讲习。车胤不好意思老是提问题，就对袁羊说："有疑而不问，恐怕会对他们的嘉言有所遗漏；问多了又怕太劳累两位谢公。"袁羊说："一定没有这种问题。"车胤说："怎么知道是这样呢？"袁羊说："何曾见过明亮的镜子因多次照映而疲惫不明，清澈的流水会害怕因和风的吹拂而混浊不清！"

名句的故事

谢安少有重名，早年与王羲之、许询、支遁等人同游，出入山水林园之间，对于朝廷屡次的征召，他都一一推辞。谢安隐居于会稽东山，到了40岁时，不得已出山任职。这场讲经盛会极可能是由谢安兄弟主导筹划，所以事先聚集与会众人在家里研讨讲习，推演经义。

据《续晋阳秋》所载，车胤从小就非常好学，博览不倦，家贫没有油点灯，就用布囊装数十只萤火虫夜以继日地苦读。及长，博学多闻，又善于识鉴，在桓温帐下任事时，常与桓温一同参与盛会，大家都说"无车公不乐"。

车胤以一贯的好学精神，想针对不清楚的地方一一提出问题，又怕太麻烦两位谢公，袁羊说："何尝见明镜疲于屡照，清流惮于惠风！"明亮的镜子不会因多次照映而疲惫不明，清澈的流水也不会害怕因和风的吹拂而混浊不清，所以车胤多提问题也不至于太劳烦两位谢公。

历久弥新说名句

东晋宁康三年孝武帝开讲《孝经》，为一时盛事。《晋书·车胤传》记下当时的情形："孝武帝讲《孝经》，仆射谢安侍坐，尚书陆纳侍讲，侍中卞耽执读，黄门侍郎谢石、吏部郎袁宏执经，胤与丹阳尹王混摘句。"孝武帝当年只是 14 岁的少年，其间如何进行、讲些什么，现在已经不得其详，但可看出谢安、谢石、袁宏、车胤都是当时在皇帝身边实际推动大会进行的重要人物。

孝武帝之所以要讲《孝经》，因为"君子之事亲孝，故忠可移于君"，孝与忠是相通的，把对父母的那份孝拿来事奉国君就是忠。所以要求做臣子的对待国君要能"进思尽忠，退思补过，将顺其美，匡救其恶"，全力辅佐国君。这种忠君爱国的说法，与帝王巩固皇权的要求完全吻合，所以历代统治者都特别尊崇孝道。

知邪径之速，不虑失道之迷

名句的诞生

　　南郡庞士元[1]闻司马德操[2]在颍川，故二千里候之。至，遇德操采桑，士元从车中谓曰："吾闻丈夫处世，当带金佩紫[3]，焉有曲洪流之量[4]，而执丝妇之事？"德操曰："子且下车。子适知邪径[5]之速，不虑失道之迷。昔伯成耦耕[6]，不慕诸侯之荣；原宪桑枢[7]，不易有官之宅。何有坐则华屋，行则肥马，侍女数十，然后为奇？此乃许、父[8]所以慷慨，夷、齐[9]所以长叹。虽有窃秦之爵[10]，千驷之富，不足贵也。"士元曰："仆生出边垂[11]，寡见大义，若不一叩洪钟[12]，伐雷鼓[13]，则不识其音响也[14]！"

——言语第二

完全读懂名句

　　1. 庞士元：庞统字士元，襄阳人。庞德公之侄，与诸葛亮并为刘备军师。2. 司马德操：司马徽，字德操，有知人之鉴。

3. 带金佩紫：带金印，佩紫绶。形容地位非常显赫。4. 洪流之量：比喻才气之大。5. 邪径：快捷方式。6. 伯成耦耕：禹为天子，伯成辞诸侯而耕于野。耦耕，结伴耕种。7. 原宪桑枢：原宪字子思，孔子弟子。桑枢，以桑木做户枢，言其居处简陋。8. 许、父：许由、巢父，上古高士。9. 夷、齐：伯夷、叔齐，殷孤竹君之子，不食周粟饿死在首阳山。10. 窃秦之爵：吕不韦贿赂华阳夫人，请立子楚，而取得秦国爵位。11. 边垂：边远之地。12. 洪钟：大钟。13. 伐雷鼓：击雷门之鼓。雷门，指会稽城门，有大鼓，击之，声闻洛阳。14. 不识其音响：指如果不加叩问，就无法知道司马德操的胸怀气度。

南郡庞统听说司马徽在颍川，驾车走了两千里路来拜候他。到达时，司马徽正在采桑，庞统从车中对他说："我听说大丈夫处世，应当带金印佩紫绶，身居高位。哪有委曲自己的大才，而去做妇人采桑的事？"司马徽说："你暂且下车来。你只知道快捷方式的快速，而不顾虑迷途的痛苦。从前伯成结伴耕种，不羡慕诸侯的尊荣；原宪以桑木做户枢，却不愿跟做官的人交换住所。哪有居住就非要华丽的屋子，出门就乘肥马，侍女几十人，然后才算是出众呢？这就是许由、巢父所以悲叹，伯夷、叔齐所以叹息的缘故。虽然像吕不韦一样窃取秦的爵位，有千乘的富贵，也是不足以为傲的。"庞统说："我出生在边远的地方，很少听到大道理，孤陋而寡闻。如果不敲大钟，击雷鼓，就不知道他音响有多大了！"

名句的故事

庞统认为大丈夫处世，应当"带金佩紫"，指的就是带金印、佩紫绶的高官显爵。秦汉之时，做官的人都佩带官印，把官印装在腰带里，将绶带垂饰在腰旁。印的质料有金、银、铜、玉等。绶是系于印纽上的丝带，官位不同，所佩绶的颜色和织法也明显不同，使人一望便可知道佩绶人的身份。在当时，最尊贵的是金印紫绶。

司马徽对庞统说："你只知道快捷方式的快速，没有想到迷路的痛苦。"是说庞统只知道快速取得富贵，却没有想到将迷失于道统。接着以伯成、原宪、许由、巢父、伯夷、叔齐这些安贫乐道的高士为例，君子忧道不忧贫，纵然有"窃秦之爵，千驷之富"也不足为贵。

"窃秦之爵"的人指的是吕不韦，《史记·吕不韦传》里记载，吕不韦结交当时在赵国为人质的秦国公子子楚，视之为"奇货可居"，以奇珍异宝贿赂华阳夫人，使安国君立子楚为继承人。吕不韦有一邯郸姬，容貌姣好且善歌舞，子楚甚为爱慕，要求吕不韦把美姬送给他。邯郸姬当时已经怀有身孕，她隐瞒了怀孕之事，生下一个儿子，取名为"政"。安国君在位一年后去世，子楚即位为襄王，以吕不韦为丞相，封为文信侯，赐食河南洛阳十万户。三年后襄王去世，太子政继立（就是后来的秦始皇），尊吕不韦为相国，号称"仲父"。吕不韦以不光明的手段，诈取非常的富贵，所以被称为"窃"。

历久弥新说名句

　　据《蜀志·庞统传》与《襄阳记》记载：庞统是襄阳大贤士庞德公的侄儿。庞统18岁时，庞德公要他前往颍川拜访有清雅之名、善于品评人物的司马徽；抵达时司马徽正在树上采桑，庞统就坐在树下，二人从早到晚互相谈论了好久，庞统的言谈令司马徽大为赞赏，称他为"南州士之冠冕"，由是庞统才渐渐崭露头角。

　　近人余嘉锡指出，庞德公称司马徽为"水镜"（另称诸葛孔明为"卧龙"，庞统为"凤雏"），可见很敬重他的为人。庞统在拜访司马徽之前，应该很清楚司马徽其人，怎么会无礼地坐在车中与人谈话，而且在高士面前劝他"带金佩紫"，如果庞统真的言行如此，又怎么会让司马徽称赞他为"南州士之冠冕"？认为此篇所载必然不是事实。

　　姑且不论实情如何，二人所言代表的正是生逢多事之秋的汉魏士人，对于处世立身两种截然不同的态度，其一倾向于入世，想要建功立业，使地位显赫；另一则崇尚避世，主张安贫乐道，自然无为。这两种思想的相互冲击，也是身处乱世的士人对人生问题恒久的思辨。

割席分坐

名句的诞生

　　管宁、华歆共园中锄菜，见地有片金，管挥锄与瓦石不异，华捉¹而掷去之。又尝同席读书，有乘轩冕²过门者，宁读如故，歆废书³出看，宁割席分坐，曰："子非吾友也！"

　　　　　　　　　　　　　　　　　——德行第一

完全读懂名句

　　1. 捉：拿起。2. 乘轩冕：代指达官贵人经过。3. 废书：放下书。

　　管宁与华歆两人一同在菜园里锄草种菜，看见地上有一小片金子，管宁照样挥起锄头，与除一般瓦块石头没两样。华歆却把金子捡起又丢出去。还有一次两人同坐在一张席子上读书，有达官贵人经过，管宁照旧读书，华歆却将书放下跑出去看。管宁于是就割开席子，说道："你不是我的朋友。"

名句的故事

一般人对于管宁与华歆的认识，仅止于"割席分坐"这则故事。因此对于管宁、华歆都有些错误的刻板印象。从"割席分坐"得知两人志向有所不同，而且因此而断交朋友情谊。这种解释，似乎过于断章取义，以此评判管宁节操高于华歆，对华歆常有鄙夷。事实上，管宁与华歆曾经是很好的朋友，两人才会一同种菜、读书。管宁是齐国宰相管仲的后代，孜孜不倦，贫贱不能移。华歆相对地较为务实，见到地上有遗金，像常人一般会心动、犹豫，但又能马上记起圣贤遗训，因此将黄金又丢了出去。当他见到高官贵族经过，车马喧腾，也像凡人般爱凑热闹、百般歆羡。管宁之所以会用"割席分坐"如此激烈的手段，其实是想劝友人改过向善，发愤卖书，当个顶天立地的士大夫。

果真，管宁的劝诫确实收到效果，华歆后来当到中央司徒的高官，甚至上书给皇帝表示希望将官位让给比也更有贤能的管宁。不过管宁的个性原本就较恬静，不喜欢官场中的阿谀狡诈，当他听到华歆的推荐，也只是笑笑地推辞。这件事已是"割席分坐"之后好几年的事了，足见两人的友谊并无受到太大的影响，或许道不同不相为谋，但仍是相知相惜。管宁与华歆两人相识于求学之时，再加上邴原，三个人声名大噪。当时人称他们为"歆为龙头，宁为龙腹，原为龙尾。"华歆排行最前，可见当时人对他期待之深。

事实证明，除了"割席分坐"的糗事之外，华歆的修为也甚好。在汉末危难之际，他与王朗一同乘船避难，路途上遇到陌生人想搭他们的船。华歆犹豫之中，王朗已经应允，后来当乱贼攻来之时，王朗反悔，想将陌生人赶下去。华歆阻止他，说道："我当初犹豫，就是怕这样，你既然已答应人家，就绝无抛下他的道理！"可见华歆为人的谨慎与风范。虽然我们翻开成语字典，"割席分坐"都代表着朋友绝交之义，但若清楚管宁、华歆背景脉络，似乎言之太过。管宁与华歆仅代表着两种不同态度的士人抱负而已，华歆知错能过，善莫大焉！

历久弥新说名句

管宁以"割席分坐"来劝诫华歆读书人须重品德修养，不戚戚于贫贱，不汲汲于富贵。其实孔子也曾以席子为例，教导学生为人处世之道。孔子素以复兴周代礼仪为志，因此对于当前诸侯逾礼越制，不恪守名分，深感忧愁。因此他认为礼仪的施行应该从日常生活中做起，身为一个"士"，须有相应的礼节修养，最基本的即是"割不正不食"，"席不正不坐"，从衣食住行做起。

有一次，孔子的徒弟原壤等候孔子之际"夷俟"，孔子看到后非常生气，骂道："幼而不孙弟，长而无述焉，老而不死是为贼"，最后还拿起竹杖"叩其胫"。这是有关孔子事迹记载中，第一次公开使用暴力。孔子为何如此生气？这是因为所谓"夷俟"

就是蹲坐，看起来相当不雅观，只有粗鄙野人才会有的行为。因此当孔子看到自家子贡居然站无站相、坐无坐相，不禁勃然大怒，气得当场动手修理原壤。足见孔子对于礼的重视。

《世说新语》开启中国历史记录时代风俗、品藻人物行为言语的第一例，此后这种著作体例延续不绝。明代就曾出现一部以仿效《世说新语》而著名的书籍《芙蓉镜寓言》。作者江东伟，他于前序即言，由于从小嗜读《世说新语》，因此尝试以其编纂体例，重新收纳历史上的类似故事。书中虽以刘义庆的分类标准，但所引用的记载不同于《世说新语》，可谓是"旧瓶装新酒"。

无独有偶，江东伟在书中也收入一篇与席子相关的史事。南朝时期著名孝子江革，从小丧父，事母至孝，家境贫苦，却力争上游，努力念书。当时名士谢朓非常赏识他。有一天外头下着大雪，谢朓刚好经过，看到江革"敝絮单席，而学不倦"，穿着破烂衣物坐在竹席上头，勤勉力学。谢朓感动心疼之余，脱下身上厚重的衣服为他披上，又将手边的毛裘割下一半，让江革晚上可以伴着暖和点的毯子入睡。谢朓与江革的交谊，于是成为千古佳话。

吾惧董狐将执简而进矣

名句的诞生

　　苏峻[1]既至石头，百僚奔散，唯侍中钟雅[2]独在帝[3]侧。或谓钟曰："见可而进，知难而退，古之道也。君性亮直[4]，必不容于寇雠，何不用随时之宜[5]，而坐待其弊[6]邪？"钟曰："国乱不能匡[7]，君危不能济[8]，而各逊遁[9]以求免，吾惧董狐[10]将执简而进矣！"

——方正第五

完全读懂名句

　　1. 苏峻：苏峻，字子高，长广郡掖县人，仕郡主簿，迁历阳太守。2. 钟雅：字彦胄，颍川长社人，累迁至侍中。3. 帝：指晋成帝司马衍。4. 亮直：诚信正直。亮同谅。5. 随时之宜：权宜之计。就是奔逃避难的意思。6. 弊：同毙。7. 匡：辅助、挽救。8. 济：援助、救助。9. 逊遁：退避。10. 董狐：春秋时晋国的史官。

苏峻造反，已经兵临石头城，百官都四散奔逃，只有侍中钟雅单独留在成帝身边。有人对钟雅说："见时机可行就出来做事，知道事情行不通了，就该引退，这是自古以来处世的道理。你的个性诚信正直，一定不能见容于敌人，为何不作权宜之计，先行逃避，难道要坐着等死吗？"钟雅说："国家混乱不能加以匡正，君王有难不能救助，而各自退避以求幸免，我怕史官将要拿着书简前来加以笔伐了！"

名句的故事

苏峻之乱起因于成帝即位后，庾亮认为历阳太守苏峻屯兵建康上游，将来必为祸乱，就诏征苏峻入京，想要趁机解除他的兵权。苏峻不肯应命，以讨庾亮为名，率军攻入建康。

董狐是春秋时晋国的史官。《左传·宣公二年》记载，晋灵公是个聚敛无度、残害百姓的昏君，执政大臣赵盾经常苦心劝谏他，灵公非但不听，反而派人刺杀赵盾，赵盾只好逃亡。当他逃到边境时，听说灵公已被他的族弟赵穿带兵杀死，赵盾于是返回晋都继续执政。晋国的史官董狐在史书上写上"赵盾弑其君"，赵盾辩解说是赵穿所杀，董狐说："你是执政大臣，逃亡未过国境，君臣之义并没有断绝，国君被杀了，你回到朝中，又不讨伐弑君的乱臣，当然就等于是你弑君了。"

历久弥新说名句

宋代文天祥《正气歌》中有一句："时穷节乃见，一一垂丹青。在齐太史简，在晋董狐笔。"《左传·襄公二十五年》记载，齐国的权臣崔杼杀了齐庄公，要太史伯在史书上谎称庄公病死。太史伯不肯，坚持写下"崔杼弑其君"，崔杼就杀了齐太史，太史的两个弟弟接替史官的职位，都写了同样的话，也被杀害了，到了最小的弟弟接任史官，依然提笔写上"崔杼弑其君"，崔杼问他："你也要像你的兄长一样，不爱惜自己的生命吗？"史官答道："根据事实秉笔直书，这是史官的责任。"崔杼见他们一个个视死如归，知道史册无法更改，只好放了他。这种刚直的精神与高尚的道德情操，成为史家以及所有士人的榜样。

犯上难，摄下易

名句的诞生

　　汝南陈仲举[1]，颍川李元礼[2] 二人，共论[3] 其功德，不能定先后。蔡伯喈[4] 评之曰：“陈仲举强于犯上[5]，李元礼严于摄下[6]，犯上难，摄下易。”仲举遂在“三君”之下[7]，元礼居“八俊”之上[8]。

　　　　　　　　　　　　　　　　　　——品藻第九

完全读懂名句

　　1. 陈仲举：陈蕃，字仲举，汝南人，官至太傅。2. 李元礼：李膺，字符礼，为人心志高尚，文武隽才。3. 共论：众人共同品评。4. 蔡伯喈：蔡邕，字伯喈，东汉陈留人。通达有隽才，博学扇属文，伎艺术数，无不精综，仕至左中郎强。5. 强于犯上：指其为人方直，容易强谏而反抗尊长。6. 严于摄下：对待下属教命急切。7. 三君之下：当时指窦武、刘淑、陈蕃三贤为三君，陈蕃在三君中名列于下。8. 八俊之上：指李膺、王畅、荀昱、朱寓、魏朗、刘佑、杜密、赵典，为当时人中英杰，李膺在八俊中名列于上。

汝南陈蕃、颍川李膺二人，都有贤名，众人共同品评他们的功绩德业，无法决定出他们的先后高下。蔡伯喈批评他们说："陈蕃为人方直，容易强谏而反抗尊长，李膺对待下属教命急切。犯上困难，持下容易。"因此将陈蕃排名在"三君"之下，李膺排名在"八俊"之上。

名句的故事

东汉桓帝、灵帝时由于宦官专擅引起的党锢之祸，是两次打击士人和太学生的事件，陈蕃与李膺是当时的重要人物，素为太学生所敬重，称之为"天下楷模李元礼，不畏强御陈仲举"。

李膺刚正不阿、执法严厉，在他为河南司隶时，河内豪强张成善于观察天文星相，占卜吉凶；他预测近期会有大赦，于是教唆儿子杀人，李膺将其子治罪，竟不顾大赦令便将犯人处死。宦官以此为借口，唆使张成的门徒上书诬告李膺勾结党徒，此为第一次"党锢之祸"的导火线，李膺因此被捕入狱。

陈蕃为官清廉，名重当时。他曾屡次上书痛陈时弊，抨击宦官，反对滥封官爵。党锢之祸起，陈蕃上书直谏，谓此举"杜塞天下之口，聋盲一世之人，与秦焚书坑儒，何以为异"，却深为桓帝所忌讳，罢免了他的官职。灵帝时窦太后召陈蕃为太傅，与大将军窦武共同谋诛宦官，不幸事情泄漏，反被诛杀。

历久弥新说名句

事实上陈蕃、李膺都是不畏强权、勇于与恶势力抗争的忠义之士。第二次党锢祸起，乡人劝李膺逃走，他说："事不辞难，罪不逃刑，臣之节也。"终被拷问死于狱中。这种以天下为己任，有难不避、有罪不逃的高尚气节，无愧名列"八俊"之上。

唐人王勃写了一篇千古传诵的《滕王阁序》，其中"人杰地灵，徐孺下陈蕃之榻"，说的是陈蕃礼贤下士的高迈风范。《世说新语》卷首记载，陈蕃就任豫章太守，第一件事便是问贤士徐孺所在，想去拜访他；其后陈蕃并在郡府为徐孺设一卧榻，雅相咨询，徐孺离去后，便将卧榻悬起，不接待其他宾客。

皮里阳秋

名句的诞生

桓茂伦[1]云:"褚季野[2]皮里阳秋[3]。"谓其裁中也。

——赏誉第八

完全读懂名句

1. 桓茂伦:桓彝,字茂伦,官至散常侍。死于苏峻之难,追赠廷尉。2. 褚季野:褚裒,字季野,晋康献皇后父。持重少言,颇有盛名。3. 皮里阳秋:对人对事,心中已有的评论,但不说出来。阳秋即春秋,因简文帝司马昱之母郑太后名阿春,故晋人避讳,改春为阳。孔子修《春秋》义含褒贬,所以这里用春秋以示批评。

桓茂伦说:"褚季野是皮里阳秋。"意思是说,他口无臧否而内心有褒贬裁定。

名句的故事

魏晋时期是政治、社会动荡不安的时代，政权不断更迭，权臣篡乱不断。当时社会上的名士贤人，想要苟全性命，无不佯狂装疯，或者放逐山水，仍留在官场者，则是谨言慎行，深恐一个不小心，说错话做错事，与当权者的意见不同，而招来杀身之祸。

褚季野是东晋时的名士，曾经担任东晋政权的征北大将军，趁着北赵内乱时，率着晋军北伐，后来却失败而回。当时他的女儿是晋康帝司马岳的皇后，贵为晋朝皇帝的国丈，权臣想要拉陇他入朝共同主持朝政。但是他因为自己是外戚的身份，为了避嫌，宁愿请求外放，远离权力中心。足见他是个谨慎小心的聪明人，了解自己若是牵涉朝廷中拉党结派，只会纠葛牵扯不清。

从他的立身行事，就不难看出，他的皮里阳秋式的处世方式，固然是他的个性，其也是当时知识分子面对恶劣政治环境，避免忤逆当道的明哲保身之道。

历久弥新说名句

"皮里阳秋"是说表面上不做评论，而内心却自有一把尺，仍暗藏一套判断的标准。不彰显自己的意见，怕自己的立场外显，而遭到有心者的利用。道家的始祖老子也说："国之利器，不可以示人。"意思是说国家有最厉害的武器，不可以显露给人知道，显露则被敌人知其底细，必敢来侵犯。皮里阳秋的处世方式正符合了老子的处世精神。

中国传统的社会，主要以儒家的思想为立身行事的指导原则，儒家的思想教人"诚于中，而形于外"，内心的"诚"，表现于外在的日常行为，而"礼由外作，仁由内生"，讲究的是形式与内容的和谐如一。因此，对于言不由衷、口是心非，表里不一的人，则给予负面的道德上的评价。

"皮里阳秋"与"口是心非"，虽然都有内外不一的意思，但意义上并不相同。"皮里阳秋"在强调个人的内心自有判断的准则，而"口是心非"则在强调表里的不一致。不过，"皮里阳秋"掩藏了个人内心的想法，有违儒家教人"诚于中，而形于外"的行为准则。这个成语，后来用以说人心机诡诈，而不动声色，与权谋、阴险等画上了等号。

上人著百尺楼上，儋梯将去

名句的诞生

殷中军废后[1]，恨简文曰："上人著百尺楼[2]上，儋[3]梯将[4]去。"

完全读懂名句

1. 殷中军废后：殷浩北征，兵败废为庶民，当时简文帝司马昱为会稽王掌理朝政大权，因晋穆帝年幼，由简文辅政。2. 上人著百尺楼：让人爬上百尺高的楼。3. 儋：通"担"。肩扛。4. 将：持，拿。此指撤走梯子。

殷中军被废黜以后，怨恨简文帝说："把人送到百尺高的楼上之后，又把梯子撤走了。"

名句的故事

西晋永嘉之乱后，晋朝政权南渡到长江下游的建业，与北方的胡人政权，形成南、北的对立状态。为了对抗胡人的南侵，与北伐的军备，势必加重地方的军阀势力，但是，地方军阀势力的过度膨胀，又危及到晋朝皇室的安全。

桓温为东晋的名将，英略过人，在一次奇袭的作战当中，灭了在四川的成汉，一战成名，并当上了征西大将军兼荆州刺史，一时之间，战功荣耀及于一身。桓温虽然扩展东晋的势力，却引来朝廷大臣更大的猜忌。当时，主政者会稽王司马昱（后来即位为晋简文帝），为平衡桓温的势力，引殷浩为心腹，任命以中军将军，都督五州军事，并委以北伐重任，企图以对抗桓温。

殷浩为东晋名士，善于清谈，特别喜欢《老子》，但对于军事才能却甚为平庸。当初，率领军队北伐出征时，自己却从马上掉下来。在中原大乱、北人纷纷来降的大好形势下，殷浩居然不敢起军北进。后来，北征以失败收场。殷浩败绩，桓温借机上疏弹劾，结果殷浩被废为庶人。

历久弥新说名句

最初，殷浩与桓温二人年少时齐名，后来桓温不服，问殷浩："你和我相比怎么样？"殷浩则回答说："我与自己相处久了，还是愿意做我自己。"言下颇有不屑之意。王羲之曾密劝殷浩不宜与桓温为仇，殷浩不从。桓温曾私下对人说："殷浩有道德有口才，如果做尚书令或仆射，足以为百官的表率。但朝廷让他担任军旅之任，所用不是他的才能啊！"这话他真说对了。

在桓温主政时，曾想重新起用殷浩这个老对头，让他参与内政。当时，桓温写了一封信给殷浩，殷浩收到信之后非常高兴，恭恭敬敬写了回信，但是不放心，原本写完了已封住的信又拆开来看，连续数次，结果信函却掉在桌下，寄了空的信封回给桓温，桓温看了之后大怒。从此之后，殷浩便失去了重回朝政的机会。

殷浩在抱怨简文帝"把人送上高楼，却把梯子撤了"的同时，没有意识到历史只是不断重演的事实，政治权力是现实的。所谓"成也萧何，败也萧何"，西汉韩信受萧何推荐而拜为大将，又因萧何设计而掉了脑袋。人们哀叹韩信之死，偏重于外部因素，所以就用"成也萧何，败也萧何"加以总结。其实，功过、是非、利害、得失，谁又算得清？韩信的成败根本原因，还是归咎其个人的行为。殷浩的行为也是相同的道理。

损有余，补不足，天之道也

名句的诞生

梁王、赵王，国之近属[1]，贵重当时。裴令公岁请二国租钱数百万，以恤[2]中表[3]之贫者。或讥之曰："何以乞物行惠？"裴曰："损有余，补不足，天之道也。"

——德行第一

完全读懂名句

1. 近属：最近的亲属。2. 恤：赈济、救济。3. 中表：父亲的姊妹之子为外兄弟，母亲的兄弟姊妹之子为内兄弟，内为中，外称表，故统称中表。

梁王司马肜、赵王司马伦，两人皆为晋朝皇帝的近亲，在当时可说权贵显赫。中书令裴楷每年都要求梁王和赵王拿出租钱数百万，以救济自家的贫苦亲戚。有人讥笑裴楷说："为什么要以乞讨的方式来行施恩惠？"裴楷回答对方："从多余的拿出一些来补不足的，此乃自然的法则呀！"

名句的故事

梁王司马肜是司马懿第三个儿子，赵王司马伦是司马懿第九个儿子，两人为同父异母的兄弟。由于司马懿之孙司马炎篡魏，成为晋朝开国皇帝，他大肆分封宗室为王，梁王、赵王在朝廷也都权高位重，富贵逼人。

裴楷担任晋武帝司马炎的中书令，知道梁王与赵王不但官爵显赫，家中财物也是用之不竭，所以向他们请求租钱数百万，用来救济自家的穷苦亲戚。素来被人称许其仪容风采俱佳的裴楷，听到有人在讥笑他，也直言替自己的行为辩白，强调他所做的是一件合乎自然天理的事，只有"损有余，补不足"，天下物资才能维持正常的供需平衡。

据《晋书·裴楷传》记载："楷风神高迈，容仪俊爽，博涉群书，特精理义，时人谓之玉人。"可见裴楷不但外貌长相生得俊美，也是一位饱读群书、才学兼备的文人，所以赢得"玉人"的称誉。或许正是受盛名所累，裴楷的言行更容易被众人加以放大检视。

历久弥新说名句

相传晋人裴楷对《易经》与《老子》之学颇有研究。学《易经》使人机智，学《老子》使人了然天地自然法则。《易经·谦卦》有云："君子以裒（音抔）多益寡，称物平施。"意指有德的君子，会减去多余的以弥补不足，使物资的施予，不会失去平衡，其中"裒多益寡"一语，便成为后人常用的一句成语。

《老子·第七十七章》写道："有余者损之，不足者与之。天之道，损有余，而补不足。人之道则不然，损不足，以奉有余。孰能有余以奉天下？唯有道者。"过满的就减少一些，不够满的就补足一些。自然的法则，就是减去有余的，并补上不足的。但人世的作风是减损不足的，取来给有余的。谁能把有余的拿来供应天下人？只有悟道的人才能做到吧！老子体认到人世的作风，正好和自然法则完全相反，所以才会造成天下资源分配不均，贫富差距扩大，使富者更富、穷者恒穷，这根本是有违自然平衡与和谐的作为。

《易经》书中"裒多益寡"一语，以及《老子》所言"损有余，而补不足"，两者其实是一样的意思，裴楷援引《老子》中"损有余，补不足"，是他坚信自己实践的是"天之道"，别人讥笑他，是因为那些人只懂得依循"人之道"的缘故。

我以第一理期卿，卿莫负我

名句的诞生

卞范之为丹阳尹[1]。羊孚南州[2]暂还，往卞许，云："下官疾动[3]，不堪坐。"卞便开帐拂褥，羊径上大床，入被须[4]枕。卞回[5]坐倾睐，移晨达莫[6]。羊去，卞语曰："我以第一理[7]期卿，卿莫负我。"

——宠礼第二十二

完全读懂名句

1. 丹阳尹：官名，即丹阳郡太守。丹阳，位在今江苏南京，为东晋京都建业所在，故称"尹"，至隋灭南朝陈，废称"丹阳"地名。2. 南州：泛指南方地区。3. 疾动：疾病发作。4. 须：等待。5. 回：远。6. 莫：音 mù，"暮"的本字。傍晚。7. 第一理：第一要理，意指至高无上的真理。

卞范之担任丹阳尹的时候，羊孚从南方暂时回来，前往卞范之住处拜访，说道："卑职的病发作了，无法坐下。"卞范之就亲自为他打开蚊帐，拂去被子上的尘土，羊孚也不谦让，直接钻入被窝，等待卞范之送枕头来。当天卞范之远远坐在床前，倾身注视着羊孚，从早晨一直到傍晚。羊孚告辞的时候，卞范之对他说："我期望您成为至高无上的贤才，您可不要辜负我！"

名句的故事

卞范之，又名卞鞠，字敬祖，东晋人。《晋书·卞范之传》写其"识悟聪敏，见美于当世"，他与桓玄为年少好友，后来桓玄逼迫晋安帝禅位，所拟写的那份"禅诏书"，就是出自卞范之之手。

羊孚，字子道，其父亲羊绥，深得东晋名臣谢安的赏识，羊孚为羊绥的第二子。桓玄因对羊孚相当敬重，所以也不敢有所篡位行动；等到羊孚一死，桓玄马上篡位。可见羊孚生前的谆谆告诫，仍对桓玄有一定程度的影响。

《世说新语·宠礼》描写贵为京城太守的卞范之，舍一尹之尊的上位，礼遇位居下位的羊孚，不但将大床提供给羊孚休息，还替其打开蚊帐，拂去被上尘土，并亲自送来枕头，从早到晚守候在旁，等到羊孚起身离去，卞范之才对羊孚说道："我以第一理期卿，卿莫负我。"道出他对羊孚的深切期许，希望羊孚铭记受过自己最高规格的礼遇，日后千万不可辜负他。

历久弥新说名句

东晋丹阳尹卞范之一句"卿莫负我"，意表他对羊孚存有一份殷望之情，当时官场尔虞我诈，使得卞范之急欲拉拢羊孚，但终究羊孚早逝，卞范之没能得到任何回报，但他的"卿莫负我"也成为后人期待情感不要被对方辜负的一句名言。

达赖喇嘛六世仓央嘉措，生于清圣祖康熙二十二年（公元1683年），14岁时剃度坐床，十年后遭西藏政教斗争波及，被清廷废黜。相传仓央嘉措日间为活佛，入夜则到处狎艳，却因此留下了60余首动人情诗。其中一首为："只恐多情损梵行，入山又恐负倾城。世间哪得双全法，不负如来不负卿。"写出自己修佛与追寻爱情的两相矛盾，身为达赖喇嘛是他身份的不得已，对于倾城美人他也有万般不舍，所以想探寻世间可否有双全法门，能够让他不辜负如来佛，也不负他心上爱人的款款衷情。

内举不失其子，
外举不失其雠

名句的诞生

荀慈明与汝南袁阆相见，问颍川人士。慈明先及诸兄，阆笑曰："士但可因亲旧而已乎？"慈明曰："足下相难[1]，依据者何因？"阆曰："方问国士，而及诸兄，是以尤[2]之耳。"慈明曰："昔者祁奚内举[3] 不失其子，外举[4] 不失其雠[5]，以为至公[6]。公旦[7]文王之诗，不论尧、舜之德，而颂文、武者，亲亲之义也。春秋之义，内其国而外诸夏。且不爱其亲而爱他人者，不为悖德乎？"

——言语第二

完全读懂名句

1. 相难：相责难。此指对方责怪自己。2. 尤：怨恨、责怪。
3. 内举：举荐自己的亲人。4. 外举：举荐亲人以外的人才。

5. 雠：仇怨。此指仇家。6. 至公：此作非常公正。7. 公旦：指周
公。周公姓姬，名旦。

荀爽遇见汝南袁阆，袁阆向他问起颍川一带的知名人士。荀
爽先提到自己几位兄长。袁阆笑说："谈论名士，怎么可以因为
是自己的亲人，就把他们算是名士呢？"荀爽说："您这样指责
我，有什么依据吗？"袁阆说："刚才我问你名士，你先提到自己
的兄长，所以我才怪你啊！"荀爽说："从前春秋晋国大夫祁奚告
老还乡时，对内不避开推举自己的儿子，对外不避开推举自己的
仇人，大家一致认为祁奚非常公正。周公旦以诗歌颂文王，他不
谈论尧、舜的功德，却大力赞美文王和武王，那是因为他懂得爱
护自己亲人的道理。《春秋》一书记事的准则，是以鲁国年史为
内，以华夏其他诸国为外。况且，不爱自己的亲人却爱其他外
人，这不是有违人伦道悫吗？"

名句的故事

荀爽，字慈明，他的父亲是东汉桓帝时曾担任朗陵侯相的荀
淑，为人公正明理，素有"神君"美称；荀淑共生有八子，皆颇
有文才，当时公认他的儿子都是贤能之人，荀淑在外的杰出成
就，没让这些儿子自恃而骄，还赢得了"八龙"的称誉。

荀爽堪称荀家"八龙"最为杰出的一人，他是荀淑的第六个
儿子，时有谚语曰："荀氏八龙，慈明无双。"可见荀家八子在外

声名远播，其中又以六子荀爽的才德学识，最受众人瞩目与称颂。

尽管如此，在荀爽的心目中，却认为兄长们才是最值得推崇的"国士"。一般人向来不好意思直道自家人的好，或向外荐引自己亲属，怕有徇私为己之嫌，徒增外界非议。但荀爽可不是这么想，文中他引经据典，逐一陈述古来圣贤推举人才不分亲疏恩仇，诸如春秋晋国大夫祁奚，大公无私向晋悼公推举自己的亲人和仇家；又言周公旦以诗赞美自己的父兄文王、武王所建立的一番赫赫功业；最末则道《春秋》这部史书，也是作者孔子以自己鲁国史为主要纪年，其他诸侯各国史为书中次要纪年。正因有先贤圣人之例可循，荀爽自认兄长们确实具备品德才能，那他又怎可舍弃自己亲人，而虚伪地说其他人士才是最好的呢？从荀爽对袁阆说的话看来，可知他不但深具辩才，还是一位学识渊博的人呢！

历久弥新说名句

荀爽所言"内举不失其子，外举不失其雠"，其源出自《左传·襄公廿一年》的一段记事。当年晋国大夫羊舌肸（又名叔向）的异母弟羊舌虎，和晋大夫栾盈为同党，栾盈与握有大权的范宣子不和，图谋杀害范宣子，但这场刺杀行动失败，栾盈逃奔楚国，其同党羊舌虎被范宣子所杀，并将他的哥哥羊舌肸囚禁起来。

　　有亲近晋平公的人，主动要替羊舌肸求情，但遭到羊舌肸拒绝；旁人觉得不解，想知道羊舌肸脑子里到底想些什么？羊舌肸告诉对方："祁大夫外举不弃雠，内举不失亲，其独遗我乎？"意指公正无私的祁奚，一定会出头为自己说话，也只有祁奚所说的话，才足以令晋平公和范宣子信服。

　　果然，已告老还乡的祁奚，一听到向来尽忠国家又有才能的羊舌肸遭到囚禁，立刻驱车去见范宣子，希望范宣子释放羊舌肸，还说就算羊舌肸日后十代子孙有罪，光凭羊舌肸对晋国社稷之功，也值得宽恕。范宣子听完祁奚的话，即和他一同去见晋平公，并赦免了羊舌肸的罪。

　　为何一个退休老臣的话，会如此受到大家的尊敬呢？当时晋国晋悼公问起准备退休的祁奚，谁有能力接替祁奚"中军尉"的位子，祁奚先是推举自己的仇家解狐，不过解狐还没上任就去世了；晋悼公只好再问祁奚，祁奚这次推举的是自己的儿子祁午。此事传开之后，大家都知道祁奚向国君推举人才，只考虑此人是否适任，而不管对方是自己的仇家或亲人，他这种"无偏无党"的作为，自然赢得众人的尊敬。

　　后来比喻人不以外仇或内亲为顾忌，凡有德有才者皆可荐举，除了《左传》中"外举不弃雠，内举不失亲"之语，也可采用《世说新语·言语》里的"内举不失其子，外举不失其雠"，还有"祁奚之举"、"祁奚荐仇"或"祁奚举午"等，意思是完全一样的。

以小人之虑，度君子之心

名句的诞生

刘庆孙[1]在太傅[2]府，于时人士，多为所构[3]，唯庾子嵩[4]纵心事外[5]，无迹可间[6]。后以其性俭家富，说太傅令换[7]千万，冀其有吝，于此可乘。太傅于众坐中问庾，庾时颓然已醉，帻[8]堕几上，以头就穿取[9]。徐答云："下官家故可有两娑[10]千万，随公所取。"于是乃服。后有人向庾道此，庾曰："可谓以小人之虑，度君子之心。"

——雅量第六

完全读懂名句

1. 刘庆孙：刘舆，字庆孙。有豪侠之气，长于谋算，善结交。2. 太傅：指司马越，西晋宗室，司马懿族孙，封东海王，累迁司空、太傅。3. 构：陷害。4. 庾子嵩：庾敳字子嵩，颍川人，仕至豫州长史。5. 纵心事外：任纵其心于事外，不理会这些事。

6. 无迹可间：没有事迹可以毁谤。7. 换：借。8. 帻：包发的头巾。9. 以头就穿取：用头去顶头巾希望把它戴上。10. 娑：与"三"是双声字，假借为"三"字用。

刘舆在太傅府中，当时人士多数都被他所陷害，只有庾敳不理会这些事，没有事情可以让他毁谤。后来因为庾敳生性节俭而家道富有，就劝太傅向他借钱千万，希望他吝啬不借，让自己在这方面有机可乘。太傅当着众人在座时问庾敳借钱，庾敳当时已经喝醉，身体歪歪斜斜，头巾掉在桌子上，就用头去顶回那头巾希望把它戴上。不慌不忙地回答说："下官家里本来就约有两三千万，随便您来取用。"于是刘舆就心服了。后来有人向庾敳提到这件事，庾敳说："这可说是以小人之心，度君子之腹。"

名句的故事

刘舆是永嘉诗人刘琨的长兄，《晋书·刘舆传》说他隽朗有才谋，年少时就与其弟名重当时。八王之乱后，东海王司马越想要召见他，有人对司马越说："刘舆像块脏肉，谁接近他都会受到污染。"司马越就对他心存疑戒，未加重用。刘舆入京后，暗中检视天下兵簿，观察各地驻军、仓库处所、人谷多少、牛马器械都默记在心。当时内忧外患，战事频仍，司马越每次召集臣僚共议军事，手下那些将领都不知所对。只有刘舆能侃侃而谈，仔细筹谋且规划详尽，司马越就任命他为左长史。

庾敳是当时名士，颇受士大夫所推崇，《晋书·庾敳传》说他"长不满七尺，而腰带十围"，胸襟宽阔，性情通达，以老、庄之徒自居。他看到当时天下纷扰，政局多变，有为的人各显才能，但到最后往往没有好下场，所以庾敳虽然在司马越帐下任职，但未曾揽事争权，常静默无所作为。

刘舆善于心机喜欢算计别人，庾敳以他的恢弘气度化解了欲加之祸。虽然史书说他聚敛财货而家道富有，这点常为众人所嘲笑，但从这则故事看来，家有两三千万，可以随人所取，确实慷慨大度，器量非凡！

历久弥新说名句

大家比较熟悉的说法是"以小人之心，度君子之腹"，本来是指做臣子的用自己已经饱足的肚子为例，期望君王的欲望也有满足的时候。出自《左传·昭公二十八年》："及馈之毕，愿以小人之腹为君子之心，属厌而已。"这句话后来用以比喻用小人狭隘的心理，去猜想君子光明磊落的心地。

古往今来"以小人之心，度君子之腹"者比比皆是，《庄子·秋水篇》就记载这个故事：惠施做了梁国的宰相，庄子去拜访他，有人对惠施说："庄子来了，是要来谋取您的相位。"惠施就派兵搜索了三天三夜。庄子去见惠施说："南方有一种凤鸟叫鹓雏，不是梧桐树不栖止，不是竹实不肯吃，不是甘泉它不喝。当时，有一只猫头鹰，刚找到一只腐烂的老鼠，见到鹓雏飞过，就威吓地叫说：'赫！你不要来抢我的老鼠。'现在你想以梁国的相位来威吓我吗?"

　　另一个故事，是战国四公子之一的孟尝君，他礼贤下士，食客 3000 人的待遇都与自己相等。有一天，孟尝君请大家吃宵夜，其中有一食客误以为饭菜有差等，就愤而离席，孟尝君立刻把自己所吃的食物捧到那人面前相比较，那食客一看，食物果然没有两样，认为自己"以小人之心，度君子之腹"，惭愧之余就拔剑自刭而死。不过，如此刚烈的自责，似乎有违孟尝君倾心待客的本意，教做主人的情何以堪呢！

可以理夺，难以情求

名句的诞生

　　许允为吏部郎，多用其乡里，魏明帝遣虎贲[1]收之。其妇出诫允曰："明主可以理夺，难以情求。"既至，帝核问[2]之，允对曰："'举尔所知'，臣之乡人，臣所知也。陛下检校[3]为称职与不？若不称职，臣受其罪。"既检校，皆官得其人，于是乃释[4]。允衣服败坏，诏赐新衣。初允被收，举家号哭。阮新妇自若[5]，云："勿忧，寻还。"作粟粥待。倾之[6]，允至。

——贤媛第十九

完全读懂名句

　　1. 虎贲：官名，负责朝廷防护与侍卫。2. 核问：审核查问。3. 检校：审查、核实。4. 释：释放。5. 自若：颜色自然、神态如常。6. 倾之：一会儿。

许允担任吏部郎中时，大都举用与其同乡之人。魏明帝知道后，认为其中有弊，于是派虎贲将许允逮捕入狱。许允妻子得知后，赶出来劝丈夫说："对英名的君主可以用道理来说服他，但很难用感情去请求他。"许允被押解到朝廷，皇帝问他为什么要这么做？许允回答："孔子说：'提拔其所知道的人才。'臣同乡的人，都是臣所了解的人，陛下您可以审核看他们是否称职？若不称职，臣愿受惩处。"查验之后，许允所推荐的人果然都称职得位，皇帝于是放了他。由于许允当时穿的衣服破旧，皇帝还赐给他新衣服。起初，许允被逮捕时，全家人都号哭失措。只有他的妻子阮氏神态自若，还安慰大家道："别担心，一会儿就回来了。"妻子还准备好小米粥等候许允。果然过了一会儿，许允就回来了。

名句的故事

许允这次被抓，是因为他当时在吏部任职，掌管铨选与任用官员的职务。从东汉末年开始，中央的士族、地方上的豪族，几乎垄断了进入官场的门路。主要原因即在于"乡举里选"的制度。这项制度设立之初，立意甚佳，认为人才的进任，应该是从地方选拔，再到中央任职。但这项制度实施多年以后，弊端也跟着出现。原因在于担任地方选拔的官员，容易掺杂个人的主观喜好，不仅多用自家相关之人，甚至还有收贿。许允这次被抓正因如此，他毫不避嫌，所用之人皆是自己认识的，因此引来皇帝的不满，认为他有集结势力的嫌疑。所幸许允经过妻子的叮咛之后，想到以孔子为例据理力争，免于牢狱之灾。

许允回答皇帝之"举尔所知"，即是孔子与学生仲弓的典故。有一天担任季氏宰臣的仲弓，向孔子请教如何治理政事。孔子回答道："先有司，赦小过，举贤才。"即管理者应该要将工作分给各个部门，原谅他们犯的小错误，最后要选拔贤能有德的人。仲弓听了之后又问，"怎么样才能辨别贤能之人呢？"孔子回答："举尔所知，尔所不知，人其舍诸？"就推举你所知道的贤人，那些你所不知道的，别人难道会把他们埋没吗？换句话说，即使你现在还不清楚这个人有贤才，时间一久，你也会察觉。

历久弥新说名句

许允的妻子面临丈夫即将被抓入狱，不仅不慌不忙，更是冷静、有条理叮咛丈夫千万不可犯上。阮氏劝丈夫，"可以理夺，难以情求"，要理直气壮地跟皇帝解释，用理来博得信任。不能因为对方是皇帝，就随便认罪，甚至低声求情，这只会招来皇帝的厌恶。尽管这次许允获免于罪，但官场有如战场，后来他因为与夏侯玄等人交善，而被皇帝怀疑，将被流放时，却收到过去长官的任用状，当下高兴地跟妻子说："太好了，这下子不用受刑了。"妻子却回答："祸端已经到了，你还不知道？怎么可能得以减免呢？"果然，后来许允还是被流放，被魏文帝派来的人杀死于途中。事情爆发后，许允的门生赶紧回来告诉师母，阮氏毫不讶异，淡淡道："早知会如此下场。"后来皇帝怕许允儿子会来报仇，于是派钟会去探听。儿子们赶紧问母亲该怎么办？阮氏回答道："你们的资才虽然还算可以，但远比不上你们的父亲，平常心对待就可以了。"后来果然安全渡过。

现代俚语常言道："听妻嘴，大富贵。"许允在这则名句中，因为听了妻子的话，而得以获释。话说春秋战国时期，齐国宰相晏子的仆夫，因为每天得以亲近权贵之人，也跟着狐假虎威起来。有一天他的妻子看到丈夫正在为晏子拉车，意气洋洋，威风凛凛。仆夫回家后，妻子说："唉！你是个卑贱的人。"丈夫大吃一惊，不知妻子为何口出此言。妻子回答："晏子长不满三尺，身相齐国，名显诸侯，今者吾从门间观其志气，恂恂自下，思念深矣。今子长八尺，乃为之仆御耳，然子之意洋洋若自足者，妾是以去也。"仆夫赶紧道歉挽回妻子，此后也渐渐收起他的傲气，以礼待人。晏子感到奇怪，一问之下才知道原因，认为仆夫能纳贤言改过向善，非常可佳，于是封他为大夫。从许允妻或仆夫妻的例子，让我们知道不可以小觑女人的智能喔！

覆巢之下，复有完卵乎

名句的诞生

孔融被收，中外惶怖[1]。时融儿大者九岁，小者八岁，二儿故琢钉戏[2]，了无遽容[3]。融谓使者曰："冀罪止于身，二儿可得全不[4]？"儿徐进[5]曰："大人岂见覆巢之下，复有完卵乎？"寻亦收至。

——语言第二

完全读懂名句

1. 惶怖：惊恐。2. 琢钉戏：一种童玩游戏。3. 遽容：遽，音 jù，恐惧的脸色。4. 不：通否。5. 徐进：徐缓从容貌。

孔融被押捕时，朝廷内外无不感到惊恐。当时孔融的孩子大的才九岁，小的才八岁，两个孩子在一旁正玩着游戏，一点也没有害怕恐惧的样子。孔融对前来逮捕他的使者请求："希望惩罚只限于我个人，两个孩子是否能保全性命呢？"孩子却从容地说道："父亲您何时见过倾倒的鸟巢下，还会有完整的蛋呢？"过了不久，来拘捕两个孩子的差使也到了。

名句的故事

孔融的个性刚烈，不假雕饰，从他十岁时就能对抗大人嘲弄，反讽对方"想君小时，必当了了"即可知。处世有方、圆润有节，是为政者必备的修养，得饶人处且饶人，孔融却无法做到此点。对于政事他自有一套看法，却多以批判、讽刺、不屑的言行表达，非常容易得罪他人，果然最后为他招来杀身之祸。东汉末年中央大权已经操纵在曹操的手上，为了博取名士贤能的效忠，他发出求贤令，容纳各方的指教。孔融不改其冷嘲热讽的态度，多次针对曹氏家族发出严正的批评。直到曹操不堪其扰，下了最后通牒，抄斩孔融一家。

本则名句中，我们看到孔融身为父亲形象的一面，对于个人生死可以置之度外，一旦牵涉到家人、小孩，即便行事严正如他，也持松软态度，祈求对方饶恕家人一命。反而是孔融的孩子继承了父亲夙慧，面临生死大劫，却毫不畏惧，尚能讲出如此有见地的看法，不愧是虎父无犬子。《世说新语》所载孔融二儿，"儿"既可指称子女，也可单独指涉儿子，是男或是女由于史料用词暧昧，故难以评断。范晔《后汉书·孔融传》载孔融被诛时，儿子方九岁，女儿年方七岁，因此二儿似一男一女。但赵一清《三国志注补》则又有不同讲法，故此处只能存疑。

讲出"覆巢之下，复有完卵乎"的孔融二子，还有一项趣闻。他们一个六岁、一个五岁时，趁着白天父亲睡午觉，小的就蹑手蹑脚跑到父亲床头前，偷偷拿起父亲搁在上头的酒来喝。大的那个看了之后，奇怪地问着手足："你喝酒前为什么不先跟父亲行礼告知呢？"小的回答："偷，哪得行礼！"（我是用偷的耶，哪里还能行礼？行礼的话岂不是不打自招？）孔融在历史上的记录，也是非常嗜酒的，在曹操下令禁止喝酒时，他还公开表示"酒以成礼，不宜禁"。他床头前还会摆着酒，其"性嗜酒"的形象跃然纸上，让小朋友也想尝尝那是什么滋味。

历久弥新说名句

孔融之子以鸟类"覆巢之下，复有完卵乎"，来比喻父子关系密切，生死相存。其实以鸟兽之巢穴来比喻唇亡齿寒的道理，早在《逸周书·月令》中已经出现：孟春之月时"禁止伐木，无覆巢，无杀孩虫，胎夭飞鸟"。这段记载以今日眼光而言，似乎说明保育生态的概念；若放在经书的背景脉络，其实更述说统治者驱使民力应有所节度。《孟子·梁惠王上》言："斧斤以时入山林，材木不可胜用也。"意思也是相同。人们伐木也需要按照时节，而非滥砍滥伐，适度地让天然万物休养生息，才能增加使用年限。孟子这段话，其实也是劝谏统治者仁心爱民，要关心百姓需求，农忙时不可征调人民服役当差，只能趁农闲调员操练。

《史记》中记载孔子周游列国，求取国君重用时，原本朝着西方准备到晋国去。却在过河途中听到两位贤人窦鸣犊、舜华都已被赵简子害死，哀伤地望着河水叹息说道："美哉河水，洋洋乎！丘之不济，命也夫！"（多么美丽的滔滔流水呀！我的命运是多么坎坷呀！）学生子贡询问老师为何突有此言。孔子回答："刳胎杀夭则麒麟不至，竭泽而渔则蛟龙不合阴阳，覆巢毁卵则凤凰不翔，何则？君子讳伤其类。"意思是说，我听说国君若残害幼胎，祥瑞麒麟就不会来；若为了捕鱼而枯竭水泽，那蛟龙也不会出现；树上鸟巢若毁坏，那凤凰也不会到。这是为什么呢？正是君子最忌讳伤害万物本类。孔子的说法，亦是说明在上者若无仁心包容万物，那祥瑞治世也不会到来。孔融之子所言："覆巢之下，复有完卵乎？"即是承继着先祖孔子所说的"覆巢毁卵"。本则名句"覆巢之下，复有完卵乎"，此后也用来形容不幸遭罹覆灭的意思。

明府当为黑头公

——当代领袖

床头捉刀人，此乃英雄也

名句的诞生

魏武将见匈奴使[1]，自以形陋[2]，不足雄远国[3]，使崔季珪[4]代，帝自捉刀立床头[5]。既毕，令间谍问曰："魏王何如？"匈奴使答曰："魏王雅望非常；然床头捉刀人，此乃英雄也。"魏武闻之，追杀此使。

——容止第十四

完全读懂名句

1. 匈奴使：北方匈奴国的使臣。2. 形陋：外貌丑陋。3. 雄远国：以姿容威仪慑服远方的国家。4. 崔季珪：崔琰字季珪，清河人，眉目疏朗，须长四尺，甚有威重。5. 床头：坐榻旁边。

曹操要召见匈奴使者，但觉得自己相貌丑陋，无法用姿容震慑远方外族，就派下属崔琰做替身，自己则持刀站在坐榻旁边，充当侍卫。接见完毕后，便派间谍问匈奴使者说："魏王为人怎样？"使者回答说："魏王雅正威望，非比寻常；但坐榻旁那位持刀人才是真正的英雄人物。"曹操听了，就派人追杀这名使者。

名句的故事

所谓"床头捉刀人"是指皇帝坐榻旁的带刀侍卫。皇帝的身边通常都有贴身侍卫保护，不过，从前秦始皇担心身边的侍卫变成刺客，曾经下令士兵不准带武器上朝。因此，带刀侍卫必定是皇帝的亲信。

匈奴是中国西北边境的外族，占有蒙古之地，汉时分为南北匈奴，北匈奴为窦宪所破，远走西方，南匈奴归汉为属国。魏晋时期很注重人的形貌，曹操贵为人君，一旦要接见外族使者，当然希望姿容能震慑远方。《魏氏春秋》说曹操"姿貌短小"，所以他找了身材高大、眉目俊秀而有威仪的崔琰来假扮他。

对于曹操的这一场变装戏，匈奴使者仍然看出"床头捉刀人，此乃英雄也"，可见英雄气概是无法掩藏的，曹操虽然形貌丑陋，外表无足称道，但他英姿焕发的神态，远胜过崔琰高大的身材与严正的仪容。曹操追杀匈奴使者，或许不愿意假扮的事情外泄，也可能不愿意被外族误认为"魏王的侍卫气势更胜于魏王"，而匈奴使者慧眼识英雄的结果，竟然是断送一条命，恐怕也是始料未及吧！

x4x0039kilomo2

历久弥新说名句

后世以替人做事称为"捉刀",尤其以代作文字最为常见。清代张潮《幽梦影》说:"延名师训子弟,入名山习举业,丐名士代捉刀,三者都无是处。"丐,是请托的意思。事实上,请名士代为捉刀,首先要让名士看得起,愿意代你捉刀,再来也要负担得起丰厚的报酬。史上著称而且价值不菲请名士捉刀的例子,就是汉代被幽居长门宫的陈皇后,以黄金百斤的代价请司马相如写了一篇洋洋洒洒的《长门赋》,只是虽然辞意婉转、情意恳切,终究也没能使汉武帝回心转意。

捉刀的风气到了现代更是有过之而无不及,古今中外,小至单位领导,大至国家元首,通常都有专门为其写演讲稿、书面稿的捉刀手。前些日子英国《每日明星报》爆料,首相布莱尔聘请的讲稿捉刀手,竟是一位颇有名气的色情小说家,引起民众一片哗然。据说美国前第一夫人希拉里也曾为其自传公然招募请人代笔捉刀,由于酬劳丰厚,应征者多达二三十人。"捉刀人"的英文有个很贴切的名词叫做 ghost – writer,译为"影子作家"。

明府当为黑头公

名句的诞生

诸葛道明初过江左[1]，自名道明，名亚王、庾[2]之下。先为临沂令，丞相谓曰："明府[3]当为黑头公[4]。"

——识鉴第七

完全读懂名句

1. 江左：古代指长江下游以东的地方，即今江苏省南部等地。2. 王、庾：王导、庾亮。3. 明府：官府，古时候人民对于地方长官的尊称。4. 黑头公：指人在壮年、头发未白就位居高位者。

诸葛恢刚刚来到江东，自己改名道明，名声仅次于王导和庾亮之后。因为他之前当过临沂县县令，丞相王导特别以"明府"称呼他说："你将来一定是位黑头的王公。"

名句的故事

诸葛道明就是诸葛恢，琅玡阳都（今山东沂南）人，在晋朝"王与马共天下"的时候，与当时权倾天下的王导交好。诸葛恢大约20岁的年纪就享有清誉，担任临沂县令时，政平人和。然而晋朝政局常处于不安的局面，诸葛道明于是避居到江左一带，以他当时在社会上的名望，仅次于王导、庾亮。

身为政治前辈的王导，尊重诸葛道明担任过县令，因此称他为"明府"。这样的用语，显示王导对于当时的后进诸葛道明，不仅是衷心嘉许，也显示他自身的谦虚。而这两位人物也因为互重，所以交情匪浅。例如，他们常常为了争辩族姓排列的先后顺序而争吵。王导说："为什么不可以称葛王，而非得称王葛呢？"诸葛恢回答说：'譬如称驴马吧，这样称呼的意思难道是说驴就胜过马了吗？"

值得一提的是，王导的孙子王珣，也被人称赞为"黑头公"。话说王珣才思敏捷，文笔奇佳，弱冠时便被大司马桓温聘为主簿。桓温有一次想要试试王珣的胆量，在其府上有聚会时，他故意骑一匹马，从后堂直冲大厅。只见众人吓得惊慌失措，只有王珣闻风不动。桓温敬重地说："王掾当作黑头公。"王掾就是王珣。

历久弥新说名句

　　《乐府诗集》则记载，在《古今乐录》中有一首《秦始皇歌序》："秦始皇祠洛水，有黑头公从河中出，呼始皇曰：'来受天宝。'乃与群臣作歌。"大意是说，秦始皇祭祀洛水的时候出现异象，有一只黑头公鸟从洛水中探头出来，呼叫秦始皇接受天命。这里的黑头公是一种古代少见的奇珍异鸟，叫做"红耳鹎（音杯）"，头顶为黑色，并且有耸立的羽冠，所以俗称"高髻冠"，而其嘴、脚都是黑色。话说古代帝王登基之前总会有一番惊人的天兆，以作为君权神授的理由，黑头公因为其少见，而成为祥瑞之鸟。

　　历史上真正堪称黑头公者，当然是宋朝铁面无私的包青天——包拯。丘崟的《浣溪沙》中有这么一段描述："俊游人在笑声中，罗绮十行眉黛绿，银花千炬簇莲红，座中争看黑头公。"描述元宵佳节歌舞表演的情景，这里的黑头公指的就是扮演包公的要角，角色的扮相勾画了个黑脸，所以称为黑头公。后来"黑头"却演变为戏曲中扮演花脸角色的通称。

后来领袖有裴秀

名句的诞生

谚[1]曰："后来领袖[2]有裴秀。"

——赏誉第八

完全读懂名句

1. 谚：民间流传的话语。2. 领袖：衣服的领子和袖子，引申为能提携他人、为人典范的人。

民间中流传："后起的领袖是裴秀。"

名句的故事

裴秀字季彦，河东人，出身政治世家，八岁便能写文章，"博学强记，无文不该"。当时裴秀的叔父裴微很有名望，来访的客人很多，裴秀才十几岁时，拜访裴徽的人，也会顺道拜访裴秀。

然而，裴秀为庶出，亲生母亲出身低微，所以裴秀的嫡母（妾所生子女对其父亲正室的称呼）宣氏瞧不起他，客人来访时，就叫裴秀像仆人一样，端送茶水食物。没想到来访的宾客看到裴秀送食物来，居然都站了起来。裴秀的母亲看了便故意说："我这样地卑贱，都是为了小儿的缘故。"宣氏听了之后，就不再随意驱使裴秀了。

客人看到裴秀起身的行为，足以显示大家对年纪轻轻的他的敬重。因此《晋书·裴秀传》记载，当时的人有句话叫做："后进领袖有裴秀。"原来在晋朝时人的评价中，裴秀年纪轻轻便"兼包颜、冉、游、夏之美"，也就是他具备颜回的品德、冉求的政术、子游的辩才、子夏的博学，孔门四大弟子的优点都具备了。后人也通称"季彦领袖"，形容一个人年纪轻就有领先群伦的才华，堪称为年轻人的领袖。

历久弥新说名句

晋朝的胡毋辅之字彦国，泰山奉高人（今山东泰安东），他是一个不拘礼法、妙语如珠的人，与王澄、王敦、庾敳等人号称为"四友"。其中王澄便曾称赞胡毋辅之："彦国吐佳言如锯木屑，霏霏不绝，诚为后进领袖也。"意即胡毋辅之的谈吐不凡，说起话来口沫横飞、机智过人，实在是当下年轻人的表率。其中的成语"彦国吐屑"，形容一个人的个性不拘小节，时常口出妙语。

还有一个成语"后起之秀"或"后来之秀"，也是赞美后辈中的优秀人物。例如同是《赏誉》篇中的范豫章称赞王忱说："卿风流俊望，真后来之秀。"亦即王忱有言行洒脱的社会声誉，真是后辈中的优秀人物呀！

而裴秀堪称为领袖之处，是对中国地图文籍的贡献。裴秀担任地方官时，考证注解古代地理文籍，特别是《禹贡地域图》18篇，他提出了'制图六体"——分率、准望、道里、高下、方邪、迂直等原则来制作地理图籍。以这些方法引领中国地图学的发展几百年，裴秀实为中国古代地图学理论的奠基者。

山涛不学孙吴，
而暗与之理会

名句的诞生

　　晋武帝讲武于宣武场，帝欲偃武修文，亲自临幸，悉召群臣。山公[1]谓不宜尔，因与诸尚书言孙吴用兵本意；遂究论，举坐无不咨嗟[2]。皆曰："山少傅乃天下名言！"后诸王骄汰，轻遘祸难，于是盗寇处处蚁合[3]，郡、国多已无备，不能制服；遂渐炽盛，皆如公言。时人以谓[4]"山涛不学孙吴[5]，而暗与之[6]理会"。王夷甫亦叹云："公暗与道合。"

——识鉴第七

完全读懂名句

　　1. 山公：即山涛，字巨源，晋怀人，为竹林七贤之一。
2. 咨嗟：赞叹。3. 蚁合：如蚁之聚合，形容众多。4. 以谓：以为，谓通"为"。5. 孙吴：孙是孙武，吴指吴起，两位都是战国时代的武将。6. 之：这里指孙武、吴起的兵法。

晋武帝在宣武场讲习军事，有意借此时机放下干戈武备，让国家有休养生息的机会。所以亲自驾临，召集全部大臣。但是，山涛听完晋武帝的见解，认为这件事情不可行，便在现场和几位尚书谈论孙武、吴起之所以建立武备的本意，接着彻底讨论这个问题，在座所有人没有不赞叹的。当时的人认为"山涛虽然不学孙武、吴起的兵法，可是他的见解却和这两个人的兵法道理相通"。王夷甫也赞叹："山公见识与大道相符合呀！"

名句的故事

《孙子·九变篇》记载："故用兵之法，无恃其不来，恃吾有以待之；无恃其不攻，恃吾所所不可攻也。"即用兵的原则并非期待敌人不会来，而是有万全的准备，可以随时应战；也不要期待敌人不会进攻，而是要建立起自己可以不被攻破的武备。《吴子兵法·图国篇》则是说："昔承桑氏之君，修德废武，以灭其国家；有扈氏之君，恃众好勇，以丧其社稷；明主鉴兹，必内修文德，外治武备。"承桑氏、有扈氏都是上古时代的国家名称。前一位君主因过分重视文德，废弃武备，导致国家灭亡；后一位君主则过分倚赖自己人多势众，最后也失去了他的国家，所以文德武备两者应该并重。

　　山涛便是援引上述的观点深入分析，让在场的人无不佩服，只是山涛的意见不被晋武帝所用。后来晋室诸王起兵作乱，各地盗贼也趁势危害地方，因为没有武备，无法实时控制局面，导致诸王的势力越来越大。晋朝后来的发展状况显然被山涛说中了，所以王夷甫才称赞他的见解掌握了孙武、吴起的兵法的精髓。这衍生出成语"孙吴暗同"，意即赞美一个人具备非凡的军事才华。

历久弥新说名句

　　历来皆把"孙吴兵法"视为战备武力布局、训练、实施的教战守则。据《史记·将军骠骑列传》记载，有"骠骑将军"之称的霍去病，为人寡言、性格深沉，在沙场上却勇猛无比。汉武帝欣赏霍去病的军事才能，因此希望他能进一步学习孙吴兵法，霍去病却回答："顾方略何如耳，不至学古兵法。"意即做一个将领应随时运谋，何必要拘泥古法呢？这句话固然无误，但是霍去病因为屡立战功、少年得志，仅知道重视战术，却忽略带兵的道理，不免留下了"以和柔自媚于上"的历史纪录。

时月不见黄叔度，
则鄙吝之心已复生矣

名句的诞生

周子居[1] 常云："吾时月不见黄叔度，则鄙吝[2] 之心已复生矣。"

——德行第一

完全读懂名句

1. 周子居：周乘，字子居，东汉安城人。2. 鄙吝：见识浅短，吝惜钱财。

周子居经常对人说："要是一两个月没有看到黄叔度，那么庸俗贪鄙的心态就会又出现了。"

名句的故事

黄宪字叔度，汝南慎阳人，出身贫困，是一个牛医的儿子，但是他的德行却为人所景仰。

《后汉书·黄宪传》有这么一则故事。荀淑是东汉末年享有德高望重般清誉的人物，一天，他在过路投宿的旅店中认识了黄叔度，与之交谈后，竟大赞黄叔度："子，吾之师表也。"后来又问同为名士的袁阆："子国有颜子，宁识之乎？"荀淑将黄叔度与颜回相提并论，可见黄叔度所受到的敬重。

甚至也有人将黄叔度比喻为孔子。戴良是黄叔度的同乡，是一位自视颇高的人，曾有"独步天下，谁与为偶"的豪语。(《后汉书·逸民列传》)可是一遇到黄叔度，戴良也不得不承认："良不见叔度，不自以为不及；既为其人，则瞻之在前，忽焉在后，固难得而测矣。"如果没看到黄叔度，还不知道自己不如他；看到之后，才发现黄叔度根本深不可测。

"仰之弥高，钻之弥坚，瞻之在前，忽焉在后"出自《论语·子罕》，颜回称赞孔子的用语，如今却是赞美黄叔度的用词，其人品位之高可见一斑。所以周子居谦称一两个月看不到黄叔度就会生出"鄙吝之心"，俨然是将黄叔度当做一个言行的标杆。

后人则以成语"鄙吝复萌"，形容浅薄庸俗、吝惜钱财的心态又出现了。

历久弥新说名句

贺知章字季真，是盛唐时期有名的诗人，性情率真豪放、言谈风趣，受到当时文人的爱戴。当时的工部尚书陆象先与他交好，陆象先常对别人说："吾与子弟离阔，都不思之，一日不见贺兄，则鄙吝生矣。"贺知章的真可从诗文《回乡偶书》略知一二："少小离家老大回，乡音无改鬓毛衰；儿童相见不相识，笑问客从何处来。"这就是辞别唐明皇，放下高官厚禄、返乡修道的贺知章，也窥见其人的真性情。

在《镜花缘》第十五回有个有趣的桥段。唐敖、林之洋、多九公来到了毛民国，没想到这个国家的人都长了一身毛。多九公就告诉大伙，原来这个地方的人也跟其他人一样，都很正常，但是因为"生性鄙吝，一毛不拔"，所以死后来到阎王爷面前，阎王就投其所好，让他们重新投胎做人后，长了一身长毛；久而久之，"别处凡有鄙吝一毛不拔的，也托生此地"。上述这个桥段，也反映出中国小说里的报应观。

卓卓如野鹤之在鸡群

名句的诞生

有人语王戎曰："嵇延祖[1] 卓卓[2] 如野鹤之在鸡群。"答曰："君未见其父[3] 耳。"

——容止第十四

完全读懂名句

1. 嵇延祖：就是嵇绍，是西晋有名的贤士，为嵇康之子。2. 卓卓：高的样子。3. 其父：指嵇康。

有人告诉王戎说："嵇绍这个人气宇轩昂，如同野鹤站立在鸡群当中。"而王戎却回答他说："你还没见过他父亲呢！"

名句的故事

嵇绍虽然在别人的眼中是卓然出众，却仍旧比不上他自己的父亲嵇康。话说嵇绍十岁的时候，父亲嵇康便过世了，竹林七贤之一的嵇康是因为谗言而被晋文帝司马昭所杀，由于司马氏当权，嵇绍只能远避朝廷而安于家中。

后来竹林七贤之首的山涛为嵇绍进言，禀告晋武帝所谓"父子罪不相及"，并举荐嵇绍为秘书郎。晋武帝果真从善如流，这让嵇绍来到当时的首善之都洛阳。洛阳人看到嵇绍后，便有"卓卓如野鹤之在鸡群"的感受，这就是成语"鹤立鸡群"的典故。后人便用这句话来形容一个人才能超众，不同于一般人。

再者，到底嵇绍的父亲嵇康容貌举止如何呢？根据《世说新语》的形容是："为人也，岩岩若孤松之独立；其醉也，傀俄若玉山之将崩。"从松和玉的譬喻得知，嵇康当时所受到的品评之高！

刘义庆透过人们对自然生物的图景意象，用隐喻、象征、情境的串联，使读者去体会文中更胜于言语者的形象，例如：夏侯太初朗朗如日月之入怀、李安国颓唐如玉山之将崩等等，不仅充分展现晋朝名士的审美观——重视内在与外在，也让《世说新语》的文学表现更上一层楼。

历久弥新说名句

鹤也是中国文化中的祥瑞之物，常是仙人的座骑，例如南极仙翁身旁伴的就是一只仙鹤，南极仙翁与鹤都是中国人眼中长寿的象征；又如宋朝有位隐士林逋，终其一生的嗜好就是养鹤种梅，所以人称"梅妻鹤子"。鹤与人之间的相处显然非常融洽，然而历史上也有一个爱鹤爱到亡国的例子。

根据《左传》记载，卫懿公非常喜欢鹤，并将鹤宠到可以乘坐士大夫的车子，还将之称为"鹤将军"。有一天卫懿公要带鹤出游时，获知狄人要进攻卫国，他慌忙地想召集兵士抗敌，却没人肯听令。卫懿公生气地想知道原因，旁边的将士便说："让鹤去打仗呀！"卫懿公当然知道鹤无法去打仗，在这一刻他才知道自己因为鹤，失去国家最重要的资产——老百姓。因此，卫国最后遭狄人屠城而亡国。

我们在社会上都有可能成为鹤，但是孤立的鹤并无法真正带领团体。例如在"希望森林生涯辅导网"上有一篇分享领导力的文章，其中说到具备领导能力的人："他可以鹤入鸡群，但却与鸡群处得很好，最后让整个鸡群（或者至少百分之八十以上的鸡）都变成鹤。"也就是说，先采取融入团体的方式，去了解每一个人的素质，再根据每一个人的素质去调教、影响，让每一个人都有成为"鹤"的机会，这就是真正优秀领导人应有的能力呀！

元方难为兄，季方难为弟

名句的诞生

陈元方[1] 子长文[2] 有英才，与季方[3] 子孝先[4]，各论其父功德，争之不能决，咨[5] 于太丘。太丘曰："元方难为兄，季方难为弟。"

——德行第一

完全读懂名句

1. 陈元方：陈纪，字符方。2. 长文：陈群，字长文，他是东汉末年备受朝野敬重的陈实之孙。3. 季方：陈谌，字季方，是陈实最小的一个儿子。4. 孝先：陈忠，字孝先，他也是陈实的孙子。5. 咨：商量、询问。

陈纪的儿子陈群富有杰出的才华，和叔父陈谌的儿子陈忠分别谈论起自己父亲的功德，两人争辩许久，始终没有结果，于是前去询问他们的祖父陈实。陈实告诉这两个孙子说："若要论起功德，陈纪难以算是哥哥，陈谌难以算是弟弟。"

名句的故事

陈家一门出了三杰，即陈实、陈纪和陈谌，世人称他们为"三君"。也许就是陈纪和陈谌在外的名气声望，不相上下之故，使得陈纪之子陈群，以及陈谌之子陈忠这两名堂兄弟，为了证明自己父亲的功德高于对方父亲而争论不休，两人面红耳赤辩说了半天，还是争不出所以然来，决定找祖父陈实为他们裁夺。

陈实处事向来持平公允，裁决邻里百姓间的是非对错，也都可以让每一个人心服口服，偏偏这回找上他主持正义的是自己的两个宝贝孙子。陈实明知道自己两个儿子都很优秀，也实在说不出谁的才学品德比较好，但两个孙子却都坚持自己的父亲比对方的品德好。陈实为了平息孙子这场无谓的争论，只好告诉他们说："元方难为兄，季方难为弟。"意指在长幼有序方面，陈纪虽然是哥哥，陈谌是弟弟，但论及个人品德，根本没有谁先谁后的问题，两人可说是不分轩轾，无高下之别！

历久弥新说名句

《世说新语·德行》中"元方难为兄，季方难为弟"，意本在称许兄弟才学品德俱佳。《旧唐书·穆宁等传》最末赞语写着："二李英英，四崔济济，薛氏三门，难兄难弟。"指出唐代如李家的李逊、李建两兄弟，崔家的崔邠等四兄弟，以及薛家的薛戎、薛放两兄弟，此三门人家的兄弟皆为朝廷的济济英才，分不出哪一门人家的兄弟比较优秀。最末出现的这句"难兄难弟"，即在赞美同门兄弟都拥有杰出才能，至于李、崔、薛三门之间，一样彼此势均力敌，难以分出那一门的高下。

原在褒扬他人的"难兄难弟"一语，日后却逐渐变成讽刺他人的意思，形容两人各方面条件能力都半斤八两，不过尔尔，语气充满贬斥。如清人吴敬梓《儒林外史·第四十九回》里，武正字故意对一心巴结高翰林的万中书说："高老先生原是老先生同盟，将来自是难兄难弟可知。"表面上武正字是在说万中书和高翰林过去是多年结盟好友，将来万中书在官场上的成就，一定和高翰林不相上下；实则是武正字在暗批万、高两人都为逢迎阿谀的腐败官员。这种明褒暗贬的笔法，正是《儒林外史》的玩味之处，也使这部作品成为中国古典讽刺小说的代表作。

现在，"难兄难弟"又多了一层意思，指同患难或处于相同困境的两个人。

言谈之林薮

名句的诞生

裴仆射[1]，时人谓为"言谈之林薮[2]"。

——赏誉第八

完全读懂名句

1. 裴仆射：就是裴颜，颜，音 wěi，为人弘雅而有远识。
2. 林薮：人或物聚集的地方，这里指关于谈论的人。

裴仆射被当时的人称赞为"善于言语谈论的人"。

名句的故事

裴颜（公元267—300年）字逸民，他的父亲就是西晋王朝的开国功臣之一裴秀，他的岳父就是权倾朝野的王戎。裴颜在崇尚个人修为、才能的时代，被人赞誉为"言谈之林薮"，自是有其不凡之处。

《晋书·裴頠传》有这样的记述："乐广尝与頠清言，欲以理服之，而頠辞论丰博，广笑而不言。"在当时的清谈界中，有一个重要的对抗主题，就是"崇有"与"贵无"；乐广是"贵无"的支持者，裴頠是"崇有"的主张者。有一次，乐广试图与裴頠辩论，想要用理让裴頠服气，却没想到裴頠旁征博引、言辞精辟，这使得乐广辞穷，谈不下去了，便借口"虚无"是必须要体验的，不再继续讨论了。由此可见裴頠确实不负"言谈林薮"的美誉。

裴頠所推崇的"有"，是指世俗礼法，《晋书·裴頠传》记载："頠深患时俗放荡，不尊儒术……口谈浮虚，不遵礼法。"由于当时玄谈的风气已经流于空谈，对于虚无的追求，已经违背世俗礼教，因此裴頠便作《崇有论》，希望对"贵无"的风气能有所抗衡。

然而在当时"贵无"的支持者中，王衍被视为这个派别的领袖，据说，裴頠也只有在王衍的面前，才有稍稍退却的时候，《世说新语·文学》便记载："裴成公作崇有论，时人攻难之，莫能折。唯王夷甫来，如小屈。"

历久弥新说名句

"林薮"是指草木茂盛的地方，或是比喻事物聚集的地方，也引申出比喻山野间隐居的地方。具有隐居的意义时，即是指高人、有识之士存在之处。例如，《明史·黄道周传》记载，黄道周认为真正的人才"不在廊庙则在林薮"。意思是说，明万历皇帝身边所围绕的臣子，并非都是真正的可用之臣，反倒是隐居不愿出仕者，才是皇帝必须多加注意的。黄道周以为，当时的政坛风气是"知其为君子而更以小人参之"，很多既得利益者不愿意让真正的人才出头天，因此他特别上疏皇帝，真正的君子是在"林薮"中呀！

"林薮"也可用来比喻事物的深邃处。例如，《后汉书·班彪传》记载："与之乎斟酌道德之渊源，肴核仁义之林薮。""肴核"是咀嚼的意思，即探讨道德的真正根源，反复玩味仁义的真正深意。

荀君清识难尚，
钟君至德可师

名句的诞生

李元礼[1] 尝叹荀淑、钟皓曰："荀君清识难尚，钟君至德可师。"

——德行第一

完全读懂名句

1. 李元礼：即李膺。

李元礼曾经赞扬荀淑、钟皓二人说："荀淑见识卓越，别人很难超过。钟浩道德高尚，足以为人师表。"

名句的故事

李元礼是东汉太学生的领袖李膺，其为人言行一致、表里如一，自身持世标准很高，并且以正天下之名为己任，所以他在当时的文人体系中，素有"天下楷模"的美誉。因此，由李膺提出的意见、看法，都会成为时论的中心，当时的读书人皆以受李膺接纳、肯定为荣，当时称为"登龙门"。

和李膺同郡的荀淑，是他真正少数有所结交的师友之一。荀淑是战国时代思想家荀子的第十一代子孙，年少便有高尚的德行，博览群书、不拘泥于章句，为乡里推崇为智者，（《后汉书·荀淑传》）李膺则夸赞他见识卓越。

钟皓年少时便以实践道德而著称，鉴于政坛晦暗，即使被连续征召为官，他还是谦辞不愿意接受。（《后汉书·钟皓传》）这就是古代儒家所秉持"大道不行隐于世"的原则，在东汉士人意识鲜明的背景下，李膺认为他如此坚持，更显道德高尚。

东汉很多人为了能够"登龙门"，无不想尽办法拜访李膺；能够获得他所接见者，都是当时社会上的有识之士，或是品德高尚者。荀淑、钟皓的风范被足为天下楷模的李膺所赞扬，除了显示其二位的真才实学之外，也可看出李膺对于端正东汉社会风气的用心。

历久弥新说名句

关于这句名言，有另一个记载，《三国志·钟繇》："荀君清识难尚，陈、钟至德可师。"这其中的"陈"系指同时期的太傅陈仲举——陈蕃。当时东汉朝廷中，反宦官派系的高官李膺、陈蕃、王畅等人，被视为清流派所拥护的领袖，"天下模楷李元礼，不畏强权陈仲举，天下俊秀王叔茂"，这句赞言在太学生们之间热烈地流传着。

陈蕃的德行之受人崇敬，并获得"不畏强权"的美誉，是因为在他担任乐安太守时，汉顺帝皇后的哥哥梁冀仗着自己是时任大将军，写一封信要求陈蕃为他做一件事情。当梁冀的信差来到陈蕃府上，却被陈蕃拒于门外；不料信差干脆假传大将军亲自求见。陈蕃知道是假，一怒之下用皮鞭打死信差。小小一个太守居然敢得罪皇后的哥哥，这种正直不阿的德行，便在太学生之间传开来。

近代文史大师钱钟书在其散文集《写在人生边上》里谈到，外人称赞他的儿子文章或学问比他好，他都不觉得有什么值得骄傲；如果人家称赞他的儿子"笃实过我，力行过我"，才真正感到欣慰。这是钱钟书的谦虚，也看出他对于一个人脚踏实地的要求，远过于能轻易看到的好文章、好学问，更该是做人的重要指针。

烂若披锦；排沙简金

名句的诞生

孙兴公云："潘文烂若披锦[1]，无处不善；陆文若排沙简金[2]，往往见宝。"

——文学第四

完全读懂名句

1. 烂若披锦：文辞绮丽，如同披着锦绣般，光彩夺目。
2. 排沙简金：拨开沙子来挑选金子，比喻从大量的东西中选取精华。

孙兴公说："潘岳的文章犹如披着锦缎，文采斑斓，无处不美；陆机的文章好比披沙淘金，往往能发现瑰宝。"

名句的故事

潘岳字安仁，荥阳（现今河南省）人，据说少年时便富有才气，被乡里视为神童，他的文章特色是"辞藻绝丽，尤善为哀诔之文"（《晋书·潘岳传》）。潘岳的辞藻华丽，不难窥见其才情之高，方可将字句层层装饰、表达灵活。然而，为什么大多是写哀伤的诗文呢？可能因为他曾经"才名冠世，为众所疾，遂栖迟十年"，所以即使出任县令，还是郁郁不得志。

陆机则是三国时代孙吴名将陆抗的儿子，《晋书·陆机传》记载他"身长七尺，其声如钟……伏膺儒术，非礼不动"，有名门之后的风范，他也是西晋太康、元康期间最具声誉的文学家，后人称他为"太康之英"。陆机作文章重视辞藻的铺陈与对偶，他在《文赋》中说："其会意也尚巧，其遣言也贵妍。"字句要灵巧、重艳丽，足见他这方面的用心。

孙兴公即是"掷地有声"的孙绰，他除了认为潘岳的文章"烂若披锦"，还说他"浅而净"，即潘文用典浅近、字句明畅；至于陆机除了"排沙简金"，孙绰还认为他"深而芜"，意即陆机用典深奥，且显得繁杂。另外，元魏时期的元好问在其著《论诗三十首》提到"陆文犹恨冗于潘"，陆机的文章还是比潘岳更嫌冗长，如此看来潘岳显然略胜一筹。

历久弥新说名句

唐代刘知几写了中国最早的史学理论丛书《史通》，其中《直书篇》是谈论史家修养及写史态度，由于史家有保存史实的责任，因此他认为："然则历考前史，征诸直词，虽古人糟粕，真伪相乱，而披沙拣金，时有获宝。""排沙简金"亦作"披沙拣金"，对于征引过去的历史应该是要照实直书、不得隐瞒，虽然古史会有真伪问题，但是仔细勘查，还是会取得意想不到的信息。因为刘知几的正直、宏观，他的"史家三长"：史才、史学、史识，才能借由《史通》流传千古，并成为后代史家所遵循的典范。

中国江南有许多著名的园林，其中苏州的"拙政园"更是闻名遐迩。"拙政园"中有一座"三十六鸳鸯馆"，根据馆内的介绍，这个馆的名称是取自东汉大将军霍光所写"园中凿大池，植五色睡莲，养鸳鸯三十六对，望之灿若披锦"的典故。"灿若披锦"与"烂若披锦"是同样的意思，我们稍微发挥想象力，眼前就可看到一幅色彩缤纷、绚丽的画面，套一句孙兴公的话，这个"三十六鸳鸯馆"真是无处不善呀！

生儿不当如王夷甫邪

名句的诞生

涛[1]甚奇之，既退，看之不辍，乃叹曰："生儿不当如王夷甫[2]邪？"羊祜[3]曰："乱天下者，必此子也！"

——识鉴第七

完全读懂名句

1. 涛：人名，山涛，竹林七贤之首。2. 王夷甫：即王衍，字夷甫，晋朝临沂人，人称其丰姿高彻，如瑶林琼树。3. 羊祜：晋武帝时期坐镇襄阳的重要将领，甚得人心。

山涛对于王夷甫的口若悬河感到惊讶，王夷甫道别后，山涛一直目送，还叹息说："生儿子不就该像王夷甫这样吗？"羊祜说："将来扰乱天下的人，一定就是他！"

名句的故事

《晋书·羊祜列传》曾记载，王衍 14 岁时曾经去拜访羊祜，席间他言辞清晰、辩才无碍，面对当时声望颇高的羊祜，一点都不卑屈。在场人士赞叹王衍的口才时，羊祜却不为他陈情之事所动，王衍气得拂袖而去。羊祜看着王衍离去后，回头告诉在场的宾客："王夷甫方当以盛名处大位，然败俗伤化，必此人也。"意思是说，王衍才刚位居要职，便这样为人陈情说事，必然会带坏社会风气。

王衍出身于当时著名的琅琊世族王氏，不仅以清谈玄理著称，却也矛盾地享受权力能带来的物质享受，《晋书·王衍列传》便评断："衍虽居宰辅之重，不以经国为念，而思自全之计。"王衍在乱世中力求巩固自家政权，对于经国大事向来摆在次位。

据说，当胡人进攻中原时，王夷甫居然劝说胡人石勒称帝。石勒登上帝位后反问王夷甫为何没有抵抗，没想到原是西晋重臣的王夷甫将国家责任推得一干二净。石勒听了之后很生气地说："你少年便当官，到年老时仍然掌握政权，怎能说国家败亡与自己无关呢？会让国家灭亡的就是你这种人呀！"王衍直到临刑前才悔悟，但是已经来不及了。

至于他所擅长的清谈之道，最为人所知的本领就是能够随口把说错的道理更正过来，所以当时人评论他为"口中雌黄"。后人便用"口中雌黄"、"信口雌黄"，形容一个人发现说错话了，随即就可以更改，替自己找台阶下。

历久弥新说名句

"清谈误国"是我们对西晋文人的通论。但是宋朝文学家苏洵在《辨奸论》中却说："王衍之为人，容貌言语，固有以欺世而盗名者。然不忮不求，与物浮沉。使晋无惠帝，仅得中主，虽衍百千，何从而乱天下乎？"意思是说，王衍虽然用他的外表欺骗世人，盗取好名声，但是他对于政治权力淡然处之；因此，苏洵把亡国的责任直接加诸皇帝头上。殊不知，国家朝政岂是皇帝一人就可以为之？王衍不过是躲在政治权力背后直接掠取政治利益的人罢了。

桂树焉知泰山之高，
渊泉之深

名句的诞生

　　客有问陈季方：“足下家君[1]太丘，有何功德，而荷[2]天下重名？”季方曰：“吾家君譬如桂树生泰山之阿[3]，上有万仞之高，下有不测之深；上为甘露所沾，下为渊泉所润。当斯之时，桂树焉知泰山之高，渊泉之深？不知有功德与无也？”

——德行第一

完全读懂名句

　　1. 足下家君：足下，古代下对上或同辈相称的敬辞。家君，对人称自己父亲。此处家君系称对方父亲。2. 荷：音 hè，承当、担负。3. 阿：ē，此指山凹。

　　有客人问陈谌说：“你的父亲有什么功德，可以享有天下的盛名?"陈谌回答说:"我的父亲就像生长在泰山山凹的桂树,上有万丈的高山,下有不可测知的深渊;枝叶上承受甘露沾泽,其根又被深渊泉水所滋润。这个时候,桂树哪里知道泰山有多高,渊泉有多深?所以,不知我的父亲这样算是有功德还是没有呢?"

名句的故事

陈谌,字季方,他的父亲是东汉末年备受百姓推崇的陈实。陈实在桓帝时曾担任太丘长,主张清静无为,使百姓过安宁生活;后来退休居住乡间,凡乡人遇有争讼之事,都会找上陈实,请其判论谁是谁非,正因陈实论事持平公正,令当时百姓信赖与称颂。

不过,陈实的名气实在太大了,有人即语带好奇问陈实的小儿子陈谌,想知道陈实何以得到天下人赞扬的美誉;陈实的小儿子陈谌是一个才学博达之人,面对一个对父亲品德感到怀疑的人,他完全不用口舌争辩,以获得对方认同,而是采取譬喻以形容父亲,认为父亲陈实如似生长在泰山山凹的桂树,上有庄严高山、下有幽冥深渊,相互辉映着桂树,但桂树本身并不知自己的清幽高雅。陈谌这段话里,已经明白点出父亲陈实的美好品德。

陈实受人推崇的不只是秉公处理事情的态度,其为人也非常宽容大量。据《后汉书·陈实传》记载,有一年陈实的家乡闹饥荒,很多人都找不到工作,有人因没工作而成了小偷。某天晚上,一名小偷溜进陈实家中,躲在屋梁上面,准备等陈实全家睡着再下来偷东西；陈实早已发现小偷，却故意假装没有看到，还把全家人都叫到大厅说道："不善之人未必本恶，习以性成，遂至于此。梁上君子者是矣！"意指有些人虽然做恶，但本性并不坏，只是没有机会养成好习惯，才会做出不对的事来，就像正在屋梁上的人就是如此。

小偷听到陈实这番话，羞愧地从屋梁上爬下来，请求陈实的原谅，陈实不但没有责怪小偷，反而送他绢布二匹，并劝他回去一定要好好重新做人。这件事情传开之后，大家对陈实以德报怨的胸襟，更心生佩服，全县此后没再出现一个盗窃犯。这段史事正是"梁上君子"成语的由来，也成了日后对窃贼的一种雅称。

陈实在 84 岁高龄去世，离他从官场退休已有好长一段时日，但送葬队伍竟达 3 万余人，皆是百姓感念陈实生前恩泽，自发性地前来送他最后一程，成为当时轰动一时的大事。

历久弥新说名句

东汉末年，陈谌以生长在泰山的桂树，喻指父亲陈实的品德声望，因为泰山外表雄伟壮观，气势磅礴，自古为中国五岳之首，更是历来皇帝封禅祭神之所在，故有"天下名山第一"的称誉。

而孔子也曾亲自造访过泰山，《孟子·尽心》中："孔子登东山而小鲁，登泰山而小天下；故观于海者难为水，游于圣人之门者难为言。"意思是说，孔子登上东山，发觉鲁国变得好渺小，登上泰山，又觉得全天下都变得好渺小，进而引发孔子对生命更深一层的认知．体会到曾经看过辽阔大海的人，川河之水即无法再吸引他的注意，对于曾亲临圣人门下的人而言，其他的言论也就难以再吸引他了！这是孔子登上泰山之后，对其个人的精神追求，有更强烈向上伸张的动力。

《楚辞·招隐士》相传为西汉淮南王刘安与其门下宾客，为感怀战国末年楚人屈原忠贞爱国所作之赋，前两句写道："桂树丛生兮山之幽，偃蹇连蜷兮枝相缭。"意指芬芳高雅的桂树，藏隐在幽静山谷，而桂树枝叶交错茂盛的样子，象征有德之士的美好德行。

唐人诗圣杜甫，其五言律诗《自瀼西荆扉且移居东屯茅屋》后四句为："烟霜凄野日，秔稻熟天风。人事伤蓬转，吾将守桂丛。"此乃诗人在唐代宗大历二年（西元 767 年）所作。时年杜甫已经 56 岁，经历了多年颠沛流离，终于暂时安顿在东屯茅屋，终日浸淫在野日稻香里，伤感过去自身如浮萍般的飘泊，向往长守在桂树丛生的清幽生活。不过，杜甫最后终究事与愿违，不但在写此诗的同一年开始耳聋，身体也每况愈下；隔年他仍然收拾行李，渡船从四川出峡，行至湖北、湖南，于代宗大历五年（西元 770 年）客死湖南湘江舟上，结束其感时忧国、有志难伸的一生。由此可知，前人以"桂树"喻比人的品德志节比比皆是。

东山之志
——仕途实践

老骥伏枥，志在千里

名句的诞生

王处仲[1] 每酒后，辄咏"老骥[2] 伏枥[3]，志在千里。烈士暮年[4]，壮心不已"。以如意[5] 打唾壶[6]，唾壶边尽缺。

——豪爽第十三

完全读懂名句

1. 王处仲：王敦，王导的堂兄。2. 老骥：年老的千里马。3. 伏枥：趴靠在马槽边缘吃食。4. 暮年：晚年。5. 如意：器物名，用骨器或玉器做成，用于搔痒、赏玩等途。6. 唾壶：同痰盂。

王敦每逢喝酒之后，就一边吟咏着曹操诗作"老骥伏枥，志在千里。烈士暮年，壮心不已"（年老的千里马只能趴在马槽里吃东西，志向却仍在驰骋千里。壮士到了晚年，豪心壮志依然不减），一边手拿着如意，敲打着痰盂，把壶口的边缘都敲缺了。

名句的故事

王敦在历史上的评价颇有争议。他是东晋建国的功臣之一，出身于北方高门琅琊王氏。他与堂弟王导皆是江左建国的重要人物，王导负责朝中辅政，王敦则负责在外领兵征伐，两人的势力足以左右天下大权。初期晋元帝积极笼络他们，仰赖王氏兄弟协助安定局势。但随着偏安政局的逐渐稳定，皇帝对于王敦带有重兵开始起了疑心。加上王敦为人桀骜，皇帝对他深感畏忌，因此从朝廷派官员刘隗、刁协、戴渊等人前往监督、牵制王敦。此举也引来王敦的不满，让他有着"老骥伏枥，志在千里。烈士暮年，壮心不已"的感叹。抱怨中央只会利用人，一旦臣子年老之后，就将他丢到一旁。因此每当王敦喝醉酒时，心里的不满就靠着酒意，慷慨悲歌，宣泄内心怨言。

激愤累积久了之后，再加上有心人士的煽动，后来王敦果真起兵造反。由于王敦握有重兵，在社会上也享有威望，响应他的支持者也不少，让朝廷一时之间颇为头痛。当王敦连战连胜，逼近首都建康，中央简直荒了手脚，晋元帝因此忧愤过世。太子司马绍继位之后，王敦不仅想逼使朝廷投降，甚至还想篡位当王。当他积极部署之际，晋明帝大用贤才，收买人心，与大臣共商征讨对策。隔年，王敦由于身染重病，无法主持大业，朝廷于是乘胜追击，一边诏赦之前参与造反的人，一边率军攻打王军。王军兵败如山倒，王敦听了战败的消息，病情加重，不久便撒手人寰。

历久弥新说名句

王敦抑郁不得志所吟唱的诗，正是由一代枭雄曹操所作之《步出夏门行》之第四章，也正是这首诗的高潮所在，因此历来也有诗解家将此章独立出来，命名为《龟虽寿》。整首诗云："神龟虽寿，犹有竟时；腾蛇乘雾，终为土灰。老骥伏枥，志在千里；烈士暮年，壮心不已。盈缩之期，不但在天；养怡之福，可以永年。幸甚至哉，歌以咏志。"曹操首章借由神龟仙寿、腾蛇乘雾，最终仍不免死亡来起兴，感叹生命终有期限。次言自己虽已五十余，却老当益壮，散发着自强不息的豪迈气概。末章驳斥"死生有命，富贵在天"说法，认为生命若能养怡，也可延年益寿，稍稍抚慰诗人暮年壮志的野心。曹操不愧为三国时代的领袖，积极进取的精神在此诗中清晰可见。对于人生的价值，以其坚毅信心面对着生命的考验。这种正视挑战、刚毅不拔的精神，不仅深为王敦所佩服，也值得我们效法。

曹操所言之"老骥伏枥，志在千里。烈士暮年，壮心不已"，气势豪迈、傲视千里的抱负，历来深受人们的喜爱。唐代杜甫一生怀才不遇，更是时时记颂着这段名言。他于《赠韦左丞丈济》吟道："老骥思千里，饥鹰待一呼。"这是委婉请求朋友协助谋职的干谒诗。杜甫于诗中自谦自己虽已不年轻，却还如"老骥伏枥，志在千里"，饥饿的老鹰就等待朝廷的呼唤。

南宋的爱国诗人陆游，积极坚持主战抗金，却受到政敌主和派的攻击，一生仕途并不得意。他在《闻虏乱有感》诗中，叹言："羞为老骥伏枥悲，宁作枯鱼过河泣。"陆游此时已经将近50岁，仍关怀社稷民安，羞耻当一匹伏在枥槽的老马，保留一份为了国家头可抛、血可流的热情。

"唾壶击缺"是王敦每于醉后吟唱诗，一边拿着如意敲打唾壶，壮志未酬的形象。后来也成为历史典故，以"唾壶歌"、"击唾壶"、"壶敲缺"的说法，来形容壮怀激烈、渴望施展才能之貌。如苏轼在《次刘景文见寄》写给朋友的诗当中，言道"莫因老骥思千里，醉后哀歌缺唾壶"，即运用着王敦敲击唾壶的典故。此后历朝各代抑郁悲歌的文人也多采用此典，来抒发其愤恨不志的情怀。足见王敦"唾壶击缺"之举，受文人士大夫的同情，成为他们慷慨悲歌的代言者。

既不能流芳后世，
亦不足复遗臭万载邪

名句的诞生

桓公[1] 卧语曰："作此寂寂[2]，将为文[3]、景[4] 所笑！"既而屈起[5] 坐曰："既不能流芳后世，亦不足复遗臭万载邪？"。

——尤悔第三十三

完全读懂名句

1. 桓公：桓温。2. 寂寂：形容冷清寂静貌，亦比喻不能成就大事业。3. 文：指晋文帝司马昭。4. 景：指晋景帝司马师。5. 屈起：起身。

桓温躺在卧席上说："做这种默默无闻的事情，将会被文帝、景帝所取笑！"接着他起身坐着道："既然不能留名后世，难道还不足以遗臭万年吗？"

名句的故事

　　桓温是东晋著名的军事将领，也是我们熟知的北伐英雄，他成功地讨伐成汉，扩大东晋属地。但随着他的声望增益，朝廷对他甚为忌讳，设法牵制，最后派出扬州刺史殷浩来抗衡。桓温对于晋室接二连三的小动作，也颇为困扰，为了躲避朝廷的追击，他一方面"作此寂寂"，一方面又恐于"将为文、景所笑"，内心纠结于两相对抗与挣扎。他不甘就此沉寂，才对着左右部下宣称道："既不能流芳后世，亦不足复遗臭万载邪？"奋而继起上书给朝廷，挂上收复故土的旗号，再次要求出兵北伐。中央既想要借着桓温威赫的武力北伐胡族，又畏惧他会因此坐拥大权。最后朝廷还是换汤不换药，一边允诺桓温出兵北伐，一边要求殷浩明为辅助、暗为监视地率军协助。

　　可惜的是，朝廷所打的如意算盘并不成功，殷浩大败而回，损失惨重。桓温乘胜追击，连连上书要求朝廷治罪。畏于舆论，晋室只好将殷浩免职，此后军权仍归桓温所有。桓温统合部队，再次出兵北伐，征伐顺遂，一路攻打到洛阳，创下前人所未有之功绩。桓温收复洛阳之后，在国内的声望水涨船高。晋穆帝牵制不成，撒手人寰，幼皇哀帝继位，桓温受诏辅政，担任大司马，此后内外大权尽落入他的手中。不久哀帝过世，废帝即位，桓温展露其野心，改立傀儡简文帝，预谋篡位。

　　事实上，桓温图谋不轨，早在先前言"将为文、景所笑"已隐约暗示。晋景帝、晋文帝即是司马师与司马昭，两兄弟皆曾废立旧主，改立新皇，所谓"司马昭之心，路人所知也"。司马昭早有篡位之心，却畏于时机与舆论，不敢直接称帝，需到其子司马炎才正式夺权。桓温心中老早就以这两人为偶像，有类似的盘算。可惜的是，桓温等得太久，时运也不佳，不仅朝中有贤臣谢安等人与之抗衡，他自身也感染重疾，不久就过世。此后桓家势力仍存，但规模已不能与桓温当时相比。

历久弥新说名句

桓温所言之"既不能流芳后世，亦不足复遗臭万载邪？"一言成谶，确实够不着"流芳后世"，虽有谋逆之嫌，却倒也还不至于"遗臭万载"。因为桓温是历史上众多北伐史当中较有功绩的案例。桓温北伐的成功不能不归诸于他本身勇猛善战、战术使用得宜。持平而论，他或许无法纯粹地归于"流芳后世"，但也无法简单地"遗臭万载"。事实上历史中形形色色的人物，即使说"盖棺论定"，但要区分"非善即恶"也是甚为困难，桓温即是一例。

我们可以确定的是，桓温所谓的"流芳后世"与"遗臭万载"，后来成为重要典故。这两词有时会改写为"流芳百世"或"遗臭万年"，甚至缩短为两字"流芳"、"遗臭"。胡适在一篇《略谈人生观》的文章中，提到古代儒家有三不朽：立德、立功、立言。但"究竟一个人要立德、立功、立言到何种程度，我认为范围必须扩大，因为人的行为无论为善为恶都是不朽的。我国的古语'流芳百世，遗臭万年'，便是这个意思。"对于胡适来说，人类的一举一动都应该向社会、自我负责，一旦有所差错，便容易对后人有坏的影响，遗臭万年。

　　与胡适约同时期的现代作家冰心，则有不同看法。她与友人的一场对话中说："我想什么是生命！人生一世，只是生老病死，便不生老病死，又怎样？浑浑噩噩，是无味的了，便流芳百世又怎样？百年之后，谁知道你？千年之后，又谁知道你？人类灭绝了，又谁知道你？"冰心虽只针对"流芳百世"发言，但已足见其对于历史声名的态度。事实上，作者的诘问颇具现代性，很符合现代人今朝有酒今朝醉的想法。不过这种末世论就某方面而言，确实不符合儒家教育下的立德、立功、立言，也容易让人颓废丧志。

东山之志

名句的诞生

　　王右军[1]语刘尹[2]："故当共推安石。"刘尹曰："若安石东山志立，当与天下共推之。"

——赏誉第八

完全读懂名句

　　1. 王右军：就是书圣王羲之。2. 刘尹：就是刘惔，东晋名士，擅清谈，曾关丹阳太守，故也称刘丹阳。

　　王右军告诉刘尹说："我们一定得共同推举安石。"刘尹说："如果安石在东山立志做官，我将和天下的人一同推举他。"

名句的故事

　　谢安字安石，曾经在东山隐居，因此后人常以'东山'来指称他。谢安在当时的士家大族中，是一个很被看好的人物，但是他宁可隐居，也不愿出来做官。后来曾因为当时的扬州刺史庚冰的多次请荐，谢安不得不勉强出仕，但过了一个多月便辞官回到东山。直到 40 多岁，谢安终究出来担负国家重任，后人便把谢安重新出来做官称为"东山再起"。

征西大将军桓温想聘请谢安为司马，《晋书·谢安传》里提到，谢安答应要动身前往江宁任职时，很多人去送他，其中有人说："卿累违朝旨，高卧东山，诸人每相与言，安石不肯出，将如苍生何！"意思是说，谢安屡次不愿接受官职，宁可在东山游憩，大家纷纷互相传述，安石不肯出来做官，天下苍生该怎么办呀！谢安一听，感到相当惭愧。所以谢安的"东山之志"是指在东山立志出来为天下百姓做事。

而句中的刘尹就是刘惔，他是谢安的妻舅，在当时享有清谈的盛名，而且"为名流所敬重"（《晋书·刘惔传》）。刘惔倒是比较倾向尊重谢安的决定，除非谢安有做官的心意，否则不打算勉强他。后人则用"东山之志"、"高卧东山"，指称隐居不仕的志愿，跟这个故事的原意，倒是有点出入。

历久弥新说名句

我们熟知诗仙李白一生不得意于政坛，而他对谢安"东山之志"的钦羡，屡屡在诗词中显露。在《赠常侍御》中："安石在东山，无心济天下。一起振横流，功成复潇洒。"李白显然是一个有政治理想的诗人，期许自己目前的蛰伏，有一天也会像谢安一样功成名就。然而日复一日，他不断鼓励自己："东山高卧时起来，欲济苍生未应晚。"（《梁园吟》）事实上，李白并未获得"东山再起"的机会，当然也没有救济天下苍生的实践，他的政治抱负始终只是酒酣后的一场梦。

《四块玉》是关汉卿很有意思的一首散曲："南亩耕，东山卧。世态人情经历多，闲将往事思量过。贤的是他、愚的是我，争甚么！"短短几句，真真言简意赅，显现出作者洒脱的人生态度。清晨起，可以到屋子南边的田亩去耕作，太阳西下便可休憩。这里的"东山卧"有两层意义，第一就是效法谢安隐居不仕的生活态度，第二则是指太阳西下后的闲适，而此时的太阳正在东边躺卧着，准备明日在东方升起。关汉卿不打算在人情世事上有所争执，打算持"老子之愚"，淡泊名利、享受人生，而这也是元代许多文人的心愿。

夜光之珠，
不必出于孟津之河

名句的诞生

蔡洪[1]赴洛，洛中人问曰："幕府初开[2]，群公辟命[3]，求英奇于仄陋[4]，采贤俊于岩穴[5]。君吴、楚之士，亡国之余，有何异才而应斯举？"蔡答曰："夜光之珠，不必出于孟津之河；盈握之璧，不必采于昆仑之山。大禹生于东夷，文王生于西羌。圣贤所出，何必常处。昔武王伐纣，迁顽民于洛邑，得无诸君是其苗裔[6]乎？"

——言语第二

完全读懂名句

1. 蔡洪：字叔开，吴郡人，有才辩，初仕于吴。2. 幕府初开：军旅出征，施用帐幕，所以将军府也称为幕府。幕府初开即新政府刚成立，此处指晋。3. 辟命：征召任命。4. 仄陋：穷乡僻壤的地方。5. 岩穴：指贤士隐居的地方。6. 苗裔：后代子孙。

蔡洪到洛阳，洛阳的人问他说："新政府刚成立，各个将帅征召任命广求人才，到穷乡僻壤的地方寻找优秀才俊，到山中探访隐居的贤士。而你是吴、楚地方亡国的人，有什么奇才可以响应这个征召呢？"蔡洪回答说："发光的夜明珠，不一定要产自孟津之旁的黄河；一手无法掌握的和氏璧，也不一定采自昆仑山上。大禹出生在东夷，文王出生于西羌。圣者贤人的出身，何必要在固定的地方？从前周武王讨伐商纣，把不服从命令的顽民迁徙到洛阳，各位先生大概就是他们的后代子孙吧！"

名句的故事

夜光之珠也称"隋侯之珠"。据《淮南子·览冥》记载：隋侯是汉东地方姓姬的诸侯。有一天隋侯外出，遇到一条被拦腰砍伤的大蛇，隋侯用药帮它裹伤后就放回草丛中去了，后来这条蛇从江中衔来一颗大明珠以报答他的恩情。这颗大明珠能在夜晚放出光亮，像月光普照，可以照亮整个屋子，因此这颗大明珠就叫做"隋侯之珠"，也称为"明月珠"。

盈握之璧指的是"和氏璧"。据《韩非子·和氏》记载，楚国人卞和在山中发现一块璞玉，将这块玉石献给楚国的厉王、楚王，都被玉匠认定为石头，因此被砍掉了双脚，和氏抱着玉石在荆山恸哭了三天三夜，新即位的楚文王派人询问事情缘由，命工匠将玉石加以琢磨，终于得到举世无匹的美玉，命名为"和氏璧"。"隋侯之珠"与"和氏璧"是历史上有名的二宝，所以两者往往并称。

历久弥新说名句

中华文明起源于黄河流域，以中原文化为正统，历来的经济、政治和文化重心都在长安、洛阳一带，至于南方长江、珠江流域的吴、楚等地则被视为蛮夷之乡。魏晋以后虽因政治动荡、南北分裂造成民族大迁徙，但北方士人对南方人仍有某种程度的轻视，蔡洪早期在吴国任职，所以中原士人视蔡洪为亡国之臣，这种歧视南方人的现象当时普遍存在。

蔡洪面对洛阳人士的刁难，先举明珠、美玉的产地并没有一定的地方，比喻征召人才也不应讲求出身高低，接着以出生于荒远地区的圣贤为例，让大家无法辩驳，随后又反问那些视他为"亡国之人"的诸君，莫不是商纣顽民的后代子孙？这样机智的言辞与咄咄逼人的气势，让众人哑口无言。

以尔为柱石之臣，
莫倾人栋梁

名句的诞生

陆玩[1]拜司空[2]，有人诣[3]之，索美酒，得，便自起，泻著栋梁柱间地，祝曰："当今乏才，以尔为柱石之臣[4]，莫倾人栋梁。"玩笑曰："感卿良箴。"

——规箴第十

完全读懂名句

1. 陆玩：字士瑶。东晋吴郡吴人。2. 司空：职官名，三公之一，掌水土营建之事。3. 诣：拜访、进见上级或长辈。4. 柱石之臣：担负国家重任的大臣。

陆玩被任命为司空以后，有人前去拜访他，向他索取好酒。客人拿到酒后便起身到梁柱下，将酒倒在梁柱中间，祝福他说：

"如今朝廷缺乏人才，任命你为担负国家重任的大臣，你千万不要让国家的梁柱倒下呀！"陆玩笑着说："感谢您的箴言。"

名句的故事

陆玩是晋元帝时的丞相参军，后来因功一再升迁，这句名言就是发生在他官拜司空时；当时，王导、庾亮等大臣都已经先后去世了。由于陆玩行事风格一直有"器量淹雅"的美誉，对于客人道贺时所说的"倾人栋梁"的玩笑话，教训他不要让国家衰败，陆玩听后只是很有雅量地笑笑说："感谢您的箴言。"

这句名言中有两个重要的词，第一是"柱石之臣"、第二是"栋梁"，前后二者的意义其实是相通的。柱石是指支撑屋梁的柱子和柱下的基石，比喻为国家担负重要任务的大臣；栋梁则是建造房屋的材料，如《庄子》记载："夫仰而视其细枝，则拳曲而不可以为栋梁。"树干所成的木材，不可以细，不可以弯曲，才能够成为造房子的材料，就是栋梁，后人也比喻为国家担负重要任务的大臣就是"栋梁之才"。

在当时讲究门第社会的前提下，陆玩虽是出身南方望族，却很谦虚地告诉宾客："以我为三公，是天下为无人。"意思是说让我陆玩坐上三公的位置，是因为天下没有人才了呀！而在陆玩担任司空的这段期间，很多后生晚辈都受到他的提携，果然不负为柱石之臣、栋梁之才。

历久弥新说名句

《世说新吾》有几则故事都有提到"栋梁"。例如《言语篇》:"松树子非不楚楚可怜,但永无栋梁用耳!"松树苗虽然不是长得楚楚可怜,但恐怕没有机会成为栋梁了。又如《赏誉篇》:"森森如千丈松,虽磊有节目,施之大厦,有栋梁之用。"庾子嵩评论和峤是一个直挺耸立、好像高有千丈的松树,虽然上面有很多节,如果把它用在建筑高大的房子上,有当做栋梁的用途。这些就是"栋梁之才"、"栋梁之用"的根据。

蜀汉后主时期的一日,孔明宴请将士商讨如何与东吴联合讨伐曹魏。却不料忽然有一阵东北风吹过,把庭前的松树吹折了。孔明掐指一算,结果竟是要折损一名大将。在场将士并不太相信,却没想到此刻赵云的儿子们前来禀告,赵云在昨晚病重过世。孔明听了痛哭说:"子龙身故,国家损一栋梁,去吾一臂也!"果真是折损一名大将。

驽马有逸足之用，
驽牛可以负重致远

名句的诞生

庞士元至吴[1]，吴人并友之。见陆绩[2]、顾劭[3]、全琮[4]，而为之目[5]曰："陆子所谓驽马有逸足[6]之用，顾子所谓驽牛可以负重致远[7]。"或问："如所目，陆为胜邪？"曰："驽马虽精速，能致一人耳。驽牛一日行百里，所致岂一人哉？"吴人无以难。"全子好声名，似汝南樊子昭[8]。"

——品藻第九

完全读懂名句

1. 庞士元至吴：庞统字士元，襄阳人。周瑜任南郡太守时，庞统在他手下任功曹，不久周瑜病死，庞统送葬到吴郡。2. 陆绩：字公纪，官至郁林太守。3. 顾劭：字孝则，吴郡人，27岁为豫章太守。4. 全琮：字子黄，吴郡人，为大司马。5. 目：品评。6. 逸足：疾足。指步履快速。7. 负重致远：背着重物到达很远的地方。8. 樊子昭：樊子昭出身于商贾之子，谨守本分。

庞统到吴郡，吴中人士都和他结交。见到陆绩、顾劭、全琮就品评他们说："陆子就是所谓劣马，能让人有步履快速的效用，顾子就是所谓笨牛，可以背着重物到达很远的地方。"有人问他："如你所品评的，是陆绩比较好吗？"庞统回答说："劣马虽然较为精壮快速，但乘坐的只是一人罢了。笨牛一天走百里路，所负载的又岂止是一个人呢？"吴郡人无法再追问了。他又说："全子的名声好，好像汝南的樊子昭。"

名句的故事

庞统品评陆绩与顾劭，认为陆绩可谓"驽马有逸足之用"，顾劭则是"驽牛可以负重致远"。驽马，是跑不快的劣马；虽然以驽马、驽牛相模拟，但又肯定二人"有逸足之用"、"能负重致远"，所以此处的"驽"字已经不是贬抑之词。驽马虽然是跑不快的劣马，与行动迟缓的笨牛相比，已显得飞驰神速；但马的载重能力远不及牛，奔驰的马只能乘坐一人，行动缓慢的牛，却能背负重物到达很远的地方。

庞统认为陆绩个性俊快，而顾劭性情厚重，二人才力虽各有短长，但以实用价值而言，顾劭成事之能力比陆绩更胜一筹。其后顾劭为豫章太守，对百姓导之以德政而使教化大行；陆绩为郁林太守，惟专力于著述而已。庞统对两人的品评，可谓中肯。

历久弥新说名句

品评人物又称为人物品藻，在我国起源甚早，而在东汉、三国之际最为风行。品评人物，就是对人物的德性、才能、风采各方面给予评价和议论，当权者也往往以此社会公论作为用人的标准。这种评论会影响到个人的升迁荣辱，所以一般士人都十分注重名誉。

《蜀志·庞统传》记载，庞统喜欢品评人物，但每次对人物的称许，大多超过对方的才能，别人觉得奇怪而问他，庞统回："如今天下大乱，正道衰微，善人少而恶人多，想要振兴善良的风俗，增长德业，如果不为这些好人多美言几句，他们的声名就不足以让一般人有慕企之心，那么愿意为善的人就更少了。现在拔举十人当中可能错失五人，还有半数，可以推崇世俗的教化，使有志为善者能够自我勉励，这样不是很好吗？"可见其用心良苦。

穷猿奔林，岂暇择木

名句的诞生

李弘度[1]常叹不被遇。殷扬州[2]知其家贫，问："君能屈志百里[3]不？"李答曰："北门之叹[4]，久已上闻[5]；穷猿[6]奔林，岂暇择木？"遂授剡县。

——言语第二

完全读懂名句

1. 李弘度：李充，字弘度，江夏人。官至大著作、中书郎。
2. 殷扬州：殷浩，字渊源，长平人。官至扬州刺史、中军将军。
3. 屈志百里：委屈大才云治理百里的小县。4. 北门之叹：《诗·邶风》有北门篇，是致仕而不得志的作品。5. 上闻：上传到府君耳内。6. 穷猿：被猎人紧紧追捕走投无路的猿猴。

李充常慨叹没有遇到赏识他的人。扬州刺史殷浩知道他家境

325

贫困，问他说："你能否忍受委屈，去治理方圆百里的小县吗？"
李充答道："仕途不得志的情形，上传到府君您耳内已久；我像
走投无路逃奔森林的猿猴，哪有余暇去选择树木？"殷浩就授予
剡县县令的职务。

名句的故事

殷浩问李充能否"屈志百里"，方圆百里的地方，大约是一
个县。"屈志"当一个治理小县的地方官，可能是殷浩的客套话，
但确有许多贤士不屑为之，《汉书·仇览传》中，汉代王涣当县
令时就说："百里岂大贤之路！"而《蜀志·庞统传》里，三国时
庞统为耒阳县令，因为不管事而被免职，鲁肃写信给刘备，说
"庞士元非百里才也"，得给他更显要的差使才能"展其骥足"，
于是就提拔他和诸葛亮并列为军师中郎将。真是人生际遇各有不
同，怪不得李充会有"北门之叹"。

对于去治理一个小县邑，李充的回答是："穷猿奔林，岂暇
择木？"指被猎人追捕走投无路而逃奔森林的猿猴，哪有余暇去
选择树木。表示自己已经穷途末路，急于寻找任何可以安身的地
方，当然也就接受了剡县县令的职务。

历久弥新说名句

历来在集权政治体系下，求官任职往往没有什么选择的自

由。宋代苏轼离开黄州的时候，朋友劝他长住在扬州，他说："非不知扬州之美，穷猿投林，不暇择木也。"（《与王定国书》）因为他将派驻何处，须经皇帝同意，不是他自己能决定的。不过，"不暇择木"至少还有个栖身之地，唐代杜甫的《寄杜位》诗中说："寒日经檐短，穷猿失木悲。"指自己流离失所，连安身之处都没有了。比较起来景况更堪怜。

并不是所有的文士都是"穷不择处，若穷猿投林"，孔子一生周游列国，就是非良木不肯栖，宁可"道不行，乘桴浮于海"，并且说："鸟则择木，木岂能择鸟。"这句话是比喻贤者择主而事的意思。后来《三国演义·第十四回》中，满宠劝徐晃投效曹操，就说："岂不闻'良禽择木而栖，贤臣择主而事'？遇可事之主，而交臂失之，非丈夫也。"遇到好的时机，就要好好把握，否则，"穷猿奔林，岂暇择木"，届时就由不得自己了。

罪同胥靡，
不能发明王之梦

名句的诞生

孔融曰："祢衡[1] 罪同胥靡[2]，不能发明王之梦。"魏武[3] 惭而赦之。

——雅量第六

完全读懂名句

1. 祢衡：字正平，东汉平原人。2. 胥靡：古代服劳役的囚犯。3. 魏武：指曹操。

孔融说："祢衡的罪就像殷商时代的胥靡一样的轻，都是无法使圣君怀抱成为一个贤明君王的梦想呀！"曹操听了之后感到惭愧，便赦免了祢衡。

名句的故事

祢衡是一个出了名心高气傲的文人，却与孔融异常投缘，两人有"仲尼不死，颜回复生"的美誉。孔融也因为赏识祢衡的才华，所以曹操请孔融招降刘表时，孔融立刻推荐祢衡。

或许真是个性使然，祢衡居然将曹操的文臣武将都贬得一文不值。曹操便质问他有什么才能，祢衡表示，天文地理无所不懂，岂和俗夫相提并论？这当然不对曹操的脾胃，所以曹操便借机羞辱他，派他担任鼓吏一职。

曹操这一计反给自己带来更大的难堪，祢衡不顾一切上演"击鼓骂曹"，数落曹操不识他这个比孔融才能高上十倍的人！在座的孔融机警地说出："祢衡罪同胥靡，不能发明王之梦。"孔融用的典故，是殷商时期曾经沦落为囚犯的傅说，后来因为殷高宗的寻访而致布衣宰相，也促成殷商的繁荣昌盛。

话说孔融出声，当下曹操只好忍痛放过祢衡，却使出借刀杀人之计，让祢衡前往荆州劝降刘表。到了襄阳之后，刘表也不喜欢祢衡，便请他去江夏见黄祖。在双双都喝醉酒的情况下，黄祖问祢衡对他的评价，祢衡毫不掩饰地说："你就像庙里面的神像，虽然受到众人的祭祀，只是一点都不灵验！"黄祖大怒，杀了祢衡。据说，祢衡到死之前，都还是不断狂傲骂人。

历久弥新说名句

　　"胥靡"是古代对于服劳役囚犯的一种称呼，他们被用绳索绑着强制劳动，主要是进行筑城的工作。最早在《史记·殷本纪》记载了一则故事，殷高宗继位之后迟迟未能等到圣人出来辅佐国政，却在一次梦中看到一位贤人。殷高宗醒来之后，便下令根据梦境开始寻找，最后在傅险这个地方找到了一位筑城的囚犯，名字叫做"说"。殷高宗便与说谈论国是，发现他具备了治国的才能，就封他为宰相，殷商也得以大治。

　　"胥靡"基本上就是一种刑责，《庄子》记载："胥靡登高而不惧，遗死生也。"服劳役的囚犯之所以敢爬到高处筑城墙而不怕死，是因为已经抛开生死的问题了。而还有另一种人也将生死置之度外，那就是宦官。宦官是中国专制政治下的特殊产物，是专门伺候皇族的家臣。

　　《魏书·阉官列传》记载："石显、张让所以剪二京也，岂非形质既亏，生命易忽，譬之胥靡，不惧登高。"堂堂男子之躯，谁愿意接受宫刑成为宦官呢？因此宦官嗔恨、杀戮的心态，也比一般人更为激烈，所以才会出现石显、张让这样的宦官，居然带头屠杀皇城。就像胥靡一样，他们哪怕登高？因为生死对他们已无差别了！

风景不殊，举目有山河之异

名句的诞生

过江诸人¹，每至暇日，辄相邀出新亭²，借卉³饮宴。周侯⁴中坐而叹曰："风景不殊，举目有山河之异！"

——言语第二

完全读懂名句

1. 过江诸人：指晋朝渡江南下的达官贵人。2. 新亭：地名，位于江苏省江宁县南，东晋名士常游宴于此。3. 借卉：坐在草地上。4. 周侯：指周顗。

晋室渡江南下的贵人，只要遇到合适的日子，每每相约到新亭，坐在草地上饮酒作乐。有一次周顗突然在席中叹气："这儿的风景没有什么不同，抬眼望去，山河却已经变样。"

名句的故事

晋室渡江南下，是因为已经无法抵挡来自北方外族强大的威胁。晋元帝江左立国，史谓东晋的开始，而当时护主有功的王导权倾朝野。

"新亭"则是一个地名，位于江苏省江宁县，是在三国时代孙吴所建立的一个重要的军事基地，后来东晋的名士常常在此游宴。就像往常一样，新亭聚会时难免想起山河变异的窘境，就在大家纷纷感伤落泪时，有领袖之姿的王导起身鼓励说："当共戮力王室，克复神州，何至作楚囚相对泣邪！"王导提醒大家，何必像被判刑的囚犯一样相对哭泣呢？顿时世家大族收起消极的情绪，加强对东晋政权的向心力。楚囚就是囚犯、战俘，"楚囚对泣"或"楚囚相对"被后人用来比喻陷于困境时，如囚犯相对哭泣、无计可施的样子。

而句中周顗所说的"江河之异"是指长江和洛水的区别。洛水在魏晋时期是名士们聚会酒酣、高论清谈的地点，从洛水边转移到长江边，意味着当年盛况已不复再呀！后人便以"新亭泪"或"新亭对泣"比喻对国家前途的忧伤。

历久弥新说名句

清朝的"甲午战争"是中国国力被外人看穿的一大转折点，

《马关条约》也开启中外不平等条约的大门，当时有识之士谭嗣同便感叹："风景不殊，山河顿异，城郭犹是，人民复非。"所以他将自己习得的西方新学，结合中国传统政治思想，并与康有为、梁启超等人联合起来，促使光绪皇帝进行"戊戌变法"。虽然变法仅维持百日，就被慈禧太后推翻，但创立学会、兴办学堂、开设报馆等作为，却是中国迈向现代化的重要历程。

在《台湾文献丛刊·台湾游记》里，记载了张遵旭担任福建省长所派代表到台湾参游的经历，在《台湾游记》中谈到游访纪念明朝将领郑成功的延平郡王祠时，眼见"东西两庑安置延平王部将百十四人之神位，皆明时殉难诸烈士也"，不禁肃然起敬。放眼望去延平郡王祠遗留的明朝风格，他也疾书"大有风景不殊、举目山河之感"，因为当时的台湾因为《马关条约》已割地给日本了呀！